FOLIO POLICIER

Patrick Raynal

Fenêtre sur femmes

Gallimard

Auteur d'une vingtaine de romans policiers (*Né de fils inconnu*, *La vie duraille*, avec Jean-Bernard Pouy et Daniel Pennac, *En cherchant Sam*), et de scénarios (*Le Poulpe* en 1998), Patrick Raynal est directeur de la Série Noire et de La Noire aux Éditions Gallimard depuis 1991.

À ma mère et à toutes celles qui ont suivi

« J'ai les fins de toi difficiles. »
BASHUNG-BERGMAN

1

La mer semblait fuir. Comme le premier mot d'une lettre d'amour, elle refluait au moment même où je croyais la saisir. Sur la promenade, un martien à roulettes, casqué de musique, poursuivait son rêve d'autiste. C'était un après-midi d'un hiver plutôt lisse. Un après-midi de nulle part. Depuis longtemps, ma fenêtre n'avait plus rien à m'apprendre. Je l'ai quittée à contrecœur.

— Vous m'avez fait peur. Vous ressembliez à une mouche. Collé à la fenêtre.

Ma visiteuse était assise comme un oiseau qui s'apprête à bondir. Ses petites fesses effleuraient le bord de mon fauteuil, ses jambes, sagement ramenées sous elle, semblaient osciller imperceptiblement à la recherche du point d'appui qui lui permettrait le vol le plus abrupt, la disparition la plus irrévocable. Ses mains, bien à plat sur ses cuisses, interdisaient à sa robe noire tout mouvement révélateur. De ses genoux serrés s'échappait un parfum doux de sensualité non éclose. Elle était riche. Indéniablement et sans ostentation.

De la pointe souple de ses escarpins italiens jusqu'aux reflets cuivrés de ses cheveux châtains qui descendaient d'un même mouvement, lourds et voluptueux, le long de l'ovale pâle de son visage. Un sourire incertain étirait sa bouche, déformait la ligne pleine de ses joues, et se perdait dans l'eau verte de ses yeux, les éclairant faiblement, comme à leur insu. Depuis qu'elle était entrée dans mon bureau, je ne trouvais qu'un mot pour la définir : précaire.

Je le lui dis. Son sourire m'en récompensa.

— Vos appréciations sont-elles toujours abstraites, monsieur Clerc ? Je vous pressentais plus charnel.

— J'ai quarante ans, mademoiselle, et je n'ai aucun don pour le flirt. Surtout quand il arrive du pensionnat des Oiseaux.

Elle rougit. Un cadeau qu'on ne m'avait pas fait depuis longtemps. J'avais envie de l'embrasser.

— Navrée de vous décevoir, monsieur Clerc, mais je n'ai aucune envie de flirter avec vous. Vos exploits amoureux sont sans doute fameux mais ce ne sont pas ceux dont j'ai besoin.

— Vous ne savez pas ce que vous perdez.

— Je crois pouvoir m'en faire une idée. Savez-vous ce qu'on dit de vous en ville ?

La colère faisait remonter sa robe. Sous la soie, ses cuisses étaient dorées.

— Rien de ce qui me concerne ne m'est étranger, ricanai-je. Je suis l'assureur le plus marron d'une ville qui en a pourtant vu d'autres. Prêt à n'importe quoi, pourvu qu'on y mette le prix. À quelques exceptions près, mais je doute qu'on ait pris la peine de vous les énumérer. On a dû vous dire aussi qu'au bottin des canailles, j'étais le plus réglo et qu'à condition de porter un slip en zinc, une jeune vierge de la haute pouvait m'accorder l'aumône de sa confiance relative. Un must dans notre milieu, mademoiselle d'Horville. Ai-je bien répondu ?

— Je ne suis pas vierge.

L'indignation revendicative de sa réponse me fit douter de sa sincérité.

— Félicitations. Vous pourrez donc vous passer du slip en zinc.

— Pour les femmes, on dit : une culotte. La vulgarité n'exclut pas nécessairement le choix des termes appropriés.

Jamais, sans doute, elle n'avait été aussi loin dans une conversation avec un mâle inconnu. Sous sa robe, sa poitrine marquait le rythme de son émoi. Je me suis senti vieux. À des années-lumière de la tiédeur de sa chair.

— Vous acceptez ?

— De mettre le feu à votre maison ?

— Pourquoi êtes-vous si abrupt ? Ce n'est pas ma maison. Simplement celle de ma famille.

— Si j'avais une famille, sa maison serait aussi la mienne.

— Vous sortez de votre rôle, monsieur Clerc. Je me passe tout à fait de votre morale. C'est d'argent que je vous parle.

— Navré, mais la morale est comprise dans le prix. Il faudra vous y faire. L'honnêteté est un luxe auquel peu de canailles parviennent à renoncer. Nous avons nous aussi nos coquetteries…

— Elles valent les nôtres. Je sais. Je ne m'attendais pas à ce que vous transformiez un simple marché en champ clos de la lutte des classes. Est-ce que cent cinquante mille francs suffiront à apaiser votre conscience prolétarienne ?

— Je ne savais pas qu'on enseignait la dialectique au couvent.

— J'ai fait mes études au lycée, monsieur Clerc. Sans uniforme et sans culotte de zinc. Il serait temps que vous révisiez votre vision du monde. Si j'étais encore celle que vous pensez, il y a longtemps que mes valets vous auraient rossé pour vous faire passer le goût de l'impertinence.

Je n'avais aucune envie de réviser ma conception du monde. Elle m'était familière. Comme peuvent l'être de vieilles hardes usées jusqu'à la trame. Pas plus que je ne désirais faire mon métier d'arcan avec une gamine au teint de pêche dont la simple vue me plongeait dans des torrents de désir sénile.

— Où trouverez-vous cent cinquante mille francs ? Je vous croyais fauchée jusqu'à l'os.

Elle se mordit les lèvres.

— J'ai de l'argent. Enfin, j'en ai un peu. Et puis je pensais…

— Que je me paierais sur l'indemnité ?… Vous vous croyez où ? À la kermesse paroissiale ?

De rose, son teint devint pivoine. Elle oscilla faiblement comme une fleur heurtée par le vent. J'aurais donné n'importe quoi pour qu'elle reste là. N'importe quoi, mais pas ce qu'elle voulait.

— N'inversez pas les rôles, monsieur Clerc. S'il y a un escroc dans cette pièce, ce n'est certainement pas moi.

Je lui balançai le plus saurien de mes sourires.

— Le malheur avec les gens comme vous, mademoiselle, c'est qu'ils sont incapables de s'appliquer les catégories morales qui régissent le reste du monde. Vous entrez ici comme chez votre coiffeur, vous me demandez de foutre le feu à votre maison de famille parce que vous n'avez trouvé aucun autre moyen de rentrer en possession de votre part d'héritage, vous m'annoncez froidement que je devrai attendre le paiement de l'indemnité pour percevoir mes honoraires et quand je renâcle, vous me traitez d'escroc... Vous devriez tâter de la poésie, mademoiselle d'Horville.

— Vos honoraires ! renifla-t-elle. Vous aimez les grands mots.

— Sans grands mots, il n'y aurait que de petites choses, mademoiselle.

Dehors, la ville bourdonnait. J'avais envie de retourner près de ma fenêtre. D'un geste brusque de ses reins, elle prit possession du fauteuil. Sa robe glissa haut sur ses cuisses. Dans l'ombre chaude, je devinai l'inaccessible. Elle entrouvrit ses lèvres, les fit luire d'un petit coup de langue maladroit. Elle ne parvint qu'à se rendre plus chaste.

— Vous êtes drôle, sourit-elle. J'ai l'impression de n'avoir jamais rencontré d'homme avant vous.

— Vous ne devez pas fréquenter les bons endroits.

— Vous pourriez m'y emmener.

On aurait dit une première communiante s'essayant au tapin pour payer le toit du manoir familial.

Je lui souris. Gentiment cette fois.

— Rengainez votre panoplie, miss d'Horville. Je ne suis pas garde-chasse.

La robe recouvrit les cuisses. L'angle d'ombre disparut.

— Non, vous ne l'êtes pas. Vous êtes seulement vaniteux et stupide. Combien voulez-vous ?

— Dix mille francs tout de suite pour étudier l'affaire. Soixante-dix mille, si j'accepte. Le reste après.

— Je croyais que vous ne m'accordiez aucune confiance.

— Il ne s'agit pas de confiance. Si vous ne payez pas, je m'arrangerai pour que la compagnie sache qu'elle s'est fait escroquer. Vous ne toucherez jamais votre argent.

— Et vous, vous irez en prison.

— Ça vous fera une belle jambe.

Elle attrapa son sac et revint se percher sur les bords du fauteuil.

— Qui me dit que vous ne me laisserez pas tomber une fois que vous aurez touché l'avance ?

Elle avait mis dans son regard toute la méfiance dont elle était capable.

— Personne. Mais rien ne vous oblige à me donner le fric.

— Je n'aime pas ce mot. Il fait sale.

— J'en connais pas d'autres. La prochaine fois que vous aurez une maison à brûler, faites-moi signe. Je préparerai une liste.

— Vous ne m'aimez pas.

— Vous n'avez pas besoin d'amour, mademoiselle, vous quêtez seulement une approbation pour un geste que toute votre éducation réprouve. Désolé, je ne peux rien pour vous.

— Vous êtes vraiment un must, railla-t-elle. Morale, philosophie, psychologie, aucun domaine ne vous est étranger. Dommage que vous soyez si sec.

Ouais. Sec comme un arbre ravagé par la foudre. Tout juste bon à abriter les mictions désinvoltes des oiseaux de passage. Malgré tout le désir que j'en avais, je ne laisserais pas celui-là me pisser dessus.

— Vous auriez dû venir plus tôt. Au début, je tombais amoureux de toutes mes clientes. J'ai failli terminer dans un poumon d'acier.

Elle eut son premier vrai sourire. Un sourire de quinze mille watts. Le genre de truc à vous cramer la rétine et le cerveau. J'avais envie qu'elle disparaisse. Tout de suite. Elle ouvrit son sac et se mit à compter ses billets d'un air appliqué. J'ai mis la liasse dans un tiroir de mon bureau. Elle avait l'air factice.

Je l'ai raccompagnée jusqu'à la porte. Elle m'a semblé plus grande qu'à l'arrivée. J'aurais préféré qu'elle se taise.

— Vous êtes vraiment le seul homme que j'aie jamais rencontré, me dit-elle.

2

J'ai refermé le dossier d'Horville. Dans ma fenêtre, le ciel s'obscurcissait… Dix mille balles ! De quoi m'offrir une bonne java avec les putes du secteur. À la santé des demi-vierges du grand monde. En comptant les tableaux, les meubles anciens et les tapis, l'incendie de la maison d'Horville coûterait plus de dix millions aux compagnies d'assurances. De quoi entamer sérieusement ma cote d'amour déjà passablement ébréchée. Pour ma cliente, ça représentait plus de trois cents briques d'argent frais. Drôle de moyen de sortir de l'indivision… Je me suis demandé ce qu'en penseraient ses deux frères. J'avais bien connu le père d'Horville. Un grand seigneur complètement jeté qui avait gagné son blé en montant des usines pharmaceutiques dans les endroits du monde où les toiles d'araignées et la bave de crapaud passaient pour le *nec plus ultra* en matière de pansement stérile. Un mec plutôt bien pour ceux qui aiment les aristos pézeux qui font dans la bienfaisance. Il avait fini par se viander, aux commandes de son avion, quelque part du côté de Sumatra.

Maintenant que les gouvernements pourris avaient annexé ses usines, les indigènes continuaient à se coller des toiles d'araignées sur les escarres et sa fille chérie voulait foutre le feu à sa baraque pour toucher l'assurance comme n'importe quel nécessiteux du South Bronx. Et ça voulait changer ma conception du monde. J'ai trimbalé mon verre jusqu'à ma fenêtre. Sur la promenade, les scarabées à roulettes scintillaient sur huit files. Quatre pour entrer, quatre pour sortir. Pourquoi une gamine de vingt ans élevée dans la soie et l'ordre pouvait avoir un tel besoin d'argent ? Au point de se lancer dans une arnaque hasardeuse avec un mec plus marqué que le dos d'un bourricot centenaire.

J'ai sorti la liasse du tiroir. Elle sentait encore le cuir et le parfum de luxe. Sa peau devait avoir de ces relents somptuaires.

Je n'aimais pas travailler avec ces gens-là. Leurs motivations sentaient les égouts et ils se débrouillaient toujours pour que d'autres chaussent leurs bottes à leur place. J'ai pensé à ses lèvres, aux mouvements maladroitement pervers de sa langue, à l'envol effarouché de ses mains quand elles quittaient le rempart de sa robe. J'aurais pu l'embrasser. Et alors ? Plus tard la liste de mes regrets me tiendrait lieu d'histoire.

La nuit était grise. Les nuages de l'est s'amoncelaient au-dessus de Roba Capeù. J'ai roulé vers la vieille ville, relevant machinalement les nouvelles présences qui arpentaient la nuit aux angles du bitume. La crise en suscitait chaque jour de nouvelles. Elles baladaient leur désinvolture appliquée sous l'œil scandalisé des putes patentées. Secrétaires au chômage, elles vivaient d'intérim et de fellation froide. Je les aimais toutes. En fait, je n'aimais qu'elles. Les vraies, pour leur rigueur, les autres pour les instants de bonheur qu'elles me donnaient parfois quand leurs corps s'oubliaient et qu'elles me gratifiaient d'un gémissement, d'une crispation involontaire de leurs mains soudain chaudes. Je n'avais pas d'autres femmes qu'elles.

J'ai dîné dans un « couscous » de la vieille ville. À côté de la place Saint-François, haut lieu niçois de la poiscaille et du syndicalisme. La bourse du travail y voisine avec le marché aux poissons. Ce qui m'a valu souvent le plaisir hautement allégorique de découvrir l'œil glauque d'un merlu dans la prose d'un tract C.G.T.

Je me suis goinfré de brick à l'œuf et de salade méchouia dans le boucan berbère diffusé par un machin japonais gros comme une malle-cabine. Le reste de la clientèle faisait ce qu'il pouvait pour rendre le niveau sonore aussi compact que le béton qu'il trimbalait dans la journée. J'aimais bien cet endroit. Il m'évitait d'avoir à voyager.

Dans l'arrière-cuisine, j'ai acheté quelques grammes d'herbe au patron. Il me roula un joint, fin comme une cigarette indienne. Nous le fumâmes ensemble en buvant du thé vert.

Dehors, les municipaux aspergeaient les ruelles. Le train de bennes défilait dans le canyon des murs.

L'air sentait l'ordure propre. J'ai zoné jusqu'à Rosetti. Aux terrasses, les dealers attendaient leurs pratiques, face au baroque du fronton de Sainte-Réparate. Des gestes, des sourires saluaient mon passage. J'y répondis, secrètement heureux de cette reconnaissance. Je suis sorti par la porte Fausse.

Quai des États-Unis, j'ai reconnu Charo. Elle s'appelait Éliane mais je l'appelais Charo en hommage au personnage de Montalban. Elle n'avait jamais lu Montalban, ni quoi que ce soit d'autre, mais elle acceptait ce nom comme l'hommage farfelu d'un dingue imprévisible. Il n'était pas impossible qu'elle m'aimât.

Je rangeai ma voiture le long de son sourire.

— C'est pour baiser ou pour parler ?

— Plutôt pour parler. Ça t'ennuie ?

— Il va pleuvoir et les gens sont fauchés. De toute façon, tu ne m'ennuies jamais.

Elle monta à côté de moi. Sa jupette de cuir suivit le mouvement, exhibant une luxuriante absence de dessous.

— Tu ne mets jamais de culotte ?

— Et toi, tu poses toujours les mêmes questions ?

Elle alluma le joint que je lui tendis.

— Qu'est-ce que tu aimerais entendre ?

Son sourire pétilla.

— Du blues ou du rock. Tu n'aimes que ça.

Je mis une cassette de Howlin Wolf et fis demi-tour en direction du port.

— J'ai vu une femme aujourd'hui.

— Une pute ?

— Non. Une jeune fille. Riche.

— Belle ?

— Je ne sais pas. Elle en avait l'air.

Elle éclata de rire.

— Alors, elle l'était. Pourquoi n'es-tu jamais sûr de rien ? Tu l'as sautée ?

— Non. Elle veut que je mette le feu à sa maison.

— Alors ce n'était certainement pas une pute.

— Pourquoi ? Parce que je ne l'ai pas sautée ou parce qu'elle veut foutre le feu à sa maison ?

— Les deux. Si j'avais une maison, je n'aimerais pas qu'elle brûle.

— Tu veux la voir ?

— La fille ?

— Non. La maison.

— C'est pour ça que tu m'as ramassée, non ?

— Tu veux que je te paie ?

Elle ne souriait plus. J'ai posé deux billets de cent francs sur ses cuisses.

Elle me jeta un coup d'œil mauvais et laissa les billets glisser sur son ventre.

J'ai contourné le port pour prendre le boulevard Franck-Pilatte. Dans le bassin, un cargo soviétique exhibait ses couleurs à la curiosité des promeneurs tardifs. Le vent se leva de l'est. La pluie se mit à tomber sur le luxe rococo des villas roses du cap de Nice. Charo boudait. Je l'adorais quand elle faisait semblant d'être jalouse.

— Tu peux parler maintenant. Tu as largement mérité tes honoraires.

Elle fit disparaître l'argent dans ses bottes.

— Pourquoi es-tu toujours méchant quand tu es triste ?

Si toutes les putes s'inscrivaient en licence de psycho, les villes sombreraient dans l'ennui.

La villa des d'Horville s'appelait « Beau Site ». On y accédait par la route forestière du Mont-Boron. C'était un gros bâtiment vieux rose, au toit en terrasse garni de balustres contournés. Un portique à colonnes de style « néo-grec » abritait sa porte massive en verre et fer forgé. Une rangée de palmiers soigneusement taillés montaient une garde échevelée dans la bourrasque naissante. Les volets verts étaient fermés. La pluie semblait les peindre d'une laque irisée. J'ai amené la voiture jusqu'au portail. Le nom d'Horville y était gravé, en élégantes lettres anglaises, dans l'épaisseur d'une plaque de cuivre.

Je suis descendu. Une allée de gravier menait au portique. De part et d'autre, le gazon mouillé scintillait sous la lumière des réverbères comme une mer sombre et calme. Elle avait dû y être heureuse. Sans vraiment y penser, comme on jouit posément d'un bonheur qui vous est dû.

— C'est beau !

Charo m'avait rejoint. Ses cheveux coulaient sur son visage. Son maquillage en balade y dessinait des ombres comme les peintures d'un guerrier épuisé. Accrochés à cette grille, nous avions l'air de deux barbares parvenant enfin aux portes de la civilisation.

Je l'ai prise dans mes bras. Dans la voiture, je la couvris d'un plaid.

— Tu veux boire quelque chose ?

— J'ai froid. Emmène-moi chez toi.

La ville semblait se fondre dans l'eau. Le vent ne parvenait plus à lever une mer gorgée de pluie.

— Pourquoi veut-elle faire ça ?

— Une histoire de riches. Ses frères ne veulent pas vendre l'héritage et elle a besoin d'argent.

Je ne voyais d'elle que le bout de son nez émergeant de la couverture.

— Je ne comprends pas.

— Tu as raison. Il n'y a rien à comprendre.

3

J'ai laissé Charo dormir. L'habituelle douche chaude ne parvint pas à chasser les séquelles de l'insomnie. Je me suis habillé dans le noir avant de passer dans mon bureau. J'ai pris mon café devant ma fenêtre. Le vent soufflait fort et les nuages cavalaient vers l'ouest. J'aurais préféré qu'il pleuve. Une pluie à noyer tous les incendies de la terre…

La maison m'apparut comme un joyau enchâssé dans un écrin de velours gris. Le mouvement uniforme des arbres soulignait sa façade de parements ondoyants. Elle me semblait plus grande que la veille. Sur le pignon est, un mimosa des quatre saisons balayait de traits jaunes le rose du crépi. J'ai crocheté la grosse serrure du portail et me suis engagé sur le gravier de l'allée. Des massifs de lauriers-roses et des marguerites ponctuaient la pelouse de feux d'artifices momentanément éteints. Un peu partout, des plantes sombres attendaient la floraison. C'était une belle maison, simple et luxueuse, conçue et arrangée par des gens pour qui le luxe était naturellement simple. Une haie de cyprès l'abritait de tout voisinage. J'en ai fait le tour, sans rien apercevoir qui pût me la rendre antipathique. Pas de piscine hollywoodienne ni de statue pseudo-antique. Aucun encorbellement douteux ne défigurait la stricte harmonie de ses façades. Les cariatides fessues et les stucs pâtissiers des villas environnantes devaient s'en écailler de dépit. Vivre ici ne devait être guère plus difficile que de crever sans oxygène. Pourtant elle était vide. Comme un roman sans personnage.

— Vous êtes de l'agence ?

Le petit vieux sortait de nulle part. Il portait un pantalon de velours à grosses côtes dont l'immense braguette lui descendait jusqu'à mi-cuisses, une veste de coutil délavée et des croquenots fendillés, un chapeau de brousse raide de crasse posé sur l'arrière de son crâne auréolait son visage fripé d'un cercle beigeasse aux contours incertains. Il pointait vers moi l'extrémité crochue d'un bigot médiéval.

— Quelle agence ?

Il balaya ma question d'un geste de son arme.

— Je ne sais pas moi. Un machin immobilier. Promoteur et compagnie.

Je le gratifiai d'un sourire engageant sans quitter de l'œil la pointe de l'outil.

— La maison est à vendre ?

— Si vous êtes là, c'est qu'elle l'est.

— Je ne travaille pas dans l'immobilier.

Il assimila l'information en mastiquant les pointes de ses moustaches. Le bigot descendit de quelques degrés.

— Qu'est-ce que vous foutez là, alors ?

— Je suis l'assureur de cette maison.

— Vous voyez bien que j'avais raison, ricana-t-il. Assurances, immobilier, c'est tout la même bande. Ils veulent s'en débarrasser, hein ?

— Qui ça ?

Il cracha par terre.

— Les fils, pardi. Depuis que le père est mort, ils ne pensent qu'à vendre la maison.

Je sortis mon paquet de cigarettes et le lui tendis. Il le considéra avec un dégoût comparable à celui qu'il éprouvait pour les agents immobiliers et les assureurs.

— Non merci. J'ai les miennes. Et puis, fumez pas là. Je veux pas de cendres dans mon gazon.

— Vous êtes le jardinier ? dis-je conciliant.

— Non, je suis le facteur. Et ce machin-là, c'est mon vélo.

J'éclatai de rire.

— Ravi de vous connaître. Votre jardin est un modèle.

Ses yeux sourirent. Sa bouche aussi peut-être. L'épaisseur de ses moustaches m'empêchait d'en être sûr.

— Vous n'y connaissez sans doute rien, mais merci quand même. Venez dans l'allée, vous pourrez secouer vos cendres sur le gravier.

Il alluma nos cigarettes à la fumée d'un vieux briquet à essence.

— Ne croyez pas ça, repris-je. Mon père était un fin jardinier.

— À voir votre cravate, on ne s'en douterait pas.

Si un jour je faisais la connaissance d'un producteur, je lui présenterais ce vieux bonhomme. L'horticulture y perdrait peut-être, pas le cinéma.

— De toute façon, je ne suis plus le jardinier. Je fais ça uniquement en mémoire du père d'Horville. Vous l'avez connu ?

— Un peu. Les enfants ne vous paient pas ?

— Je préfère bouffer mon bigot plutôt que d'accepter l'argent de ses fils.

— Ils n'habitent pas la maison ?

— L'habiter ? Je vous dis qu'ils veulent la vendre. Ça me rendrait malade qu'ils viennent y vivre. Ils la pourriraient. Ils pourrissent tout ce qu'ils touchent.

— Vous ne les aimez pas beaucoup.

Il me regarda comme si j'étais un spécimen particulièrement attardé de crétin congénital.

— Vous comprenez vite, vous. Je vois pas en quoi ça vous regarde.

— Si la maison est vendue, je perds l'affaire. Les nouveaux acquéreurs feront appel à leur assureur. Vous savez combien ça coûte d'assurer une maison pareille ?

Il cracha son mégot et l'enfouit avec soin dans l'épaisseur du gravier.

— Vous perdrez l'affaire quoi qu'il arrive. Le lendemain de la vente, un bulldozer rasera la maison. Vous pourrez toujours essayer d'assurer les clapiers de luxe qu'on construira à sa place.

Il regarda le ciel comme s'il était capable d'y lire l'avenir du monde.

— Ça va pas tarder à dégringoler. Je vais vous raccompagner jusqu'au portail. Ça vous évitera d'esquinter la serrure.

Je l'ai suivi dans l'allée. Tapie dans mon dos, la maison me regardait partir. Le vieux me tint la porte avec autant d'obséquiosité qu'un maître d'hôtel raccompagnant un représentant en brosses à reluire. Avant de sortir, j'ai tenté ma chance.

— Et la fille ?

Il a refermé le portail. Je me suis retourné pour le voir monter l'allée. La maison semblait lui sourire.

*

Charo était partie sans faire le lit. Elle avait dû croiser ma secrétaire. La digne femme me faisait la gueule chaque fois que je l'obligeais à partager son oxygène avec une championne du stupre.

Dans mon bureau, je pris les dix mille francs de Mlle d'Horville — sa carte m'apprit qu'elle se prénommait Élise —, les mis dans une enveloppe et rangeai le tout dans mon coffre. J'essayai de l'appeler pour lui notifier mon refus. Sa voix enregistrée m'informa que j'étais bien à son domicile mais qu'elle en était absente. Malgré son invite je ne laissai pas de message, fidèle à mon principe de refuser toute conversation avec un ustensile quel qu'il soit.

J'occupai le reste de la journée à rappeler Élise et à faire mon métier. Rien de très folichon mais ça me suffit pour oublier que ma vie n'avait rien de très folichon.

Quand je fermai mes bureaux, Élise n'était toujours pas rentrée. Je me mis devant ma fenêtre et j'écoutai du blues en regardant passer la ville. Toute la journée, j'avais ressassé les raisons que j'allais invoquer pour refuser ce boulot. En fait, elles tenaient en deux points : j'aimais cette fille et j'aimais cette maison. J'aimais aussi le vieux jardinier. Ça faisait beaucoup d'amour pour un novice, mais ça me suffisait pour ne pas désirer compromettre l'une et détruire l'autre. Élise finirait bien par trouver l'argent dont elle avait besoin, à moins qu'elle ne trouve un autre boutefeu. Ce qui, à en croire le vieux, risquait de s'avérer inutile. Les frères vendraient, les promoteurs construiraient, et la famille d'Horville, confortablement lestée, disparaîtrait de ma vie. Le vieux bonhomme finirait bien par s'en remettre, dussé-je lui raconter les souvenirs fictifs de mon père qui n'avait jamais approché un pétunia de toute sa vie d'alcoolique. Bien sûr, je garderais tout ça pour moi. Je rendrais son fric à Élise en lui disant que je n'avais pas trouvé d'allumette et je resterais devant ma fenêtre à boire du scotch en écoutant du blues, en proie au plaisir sain de la délectation morose.

On donnait un concert à la M.J.C. Magnan. Bien électrique, comme je les aimais. Avant de partir, je rappelai Élise. Elle n'était pas là. À mon retour non plus.

4

Élise continuait à être introuvable. La pluie avait pris peu à peu un caractère définitif. Les voitures s'entassaient dans les rues de la ville comme si les Niçois, dans une unanime communion gastropodiforme, avaient décidé d'y ramper. J'ai passé le samedi chez moi entre ma collection de disques, un vieux polar et le répondeur d'Élise d'Horville. Ma fenêtre m'offrait aussi l'ineffable spectacle de la monotonie. J'étais capable d'y passer des heures, un livre à la main, les yeux perdus dans ce tableau mouvant et qui ne parvenait pourtant jamais à échapper à l'immobilisme. Le vent était tombé, la mer ne vivait plus que du choc de la pluie. Entre le gris du ciel et celui du bitume, les autos se hâtaient de fuir.

Je finis par oublier Élise. Personne ne pouvait résister longtemps à l'idée que je me faisais de la solitude. Au bout de quarante ans, ma mémoire était lisse. Je la ratissais avec le même soin jaloux que le gazon du vieux bonhomme. J'ai mangé des spaghettis arrosés de whisky devant ma télé muette, m'ingéniant à reconstituer les commentaires que devaient susciter les images. Le silence est une chose terrible. Peu de spectacles y résistent. J'ai suivi le show jusqu'au bout. Il pleuvait bien trop fort pour songer à trouver une fille ailleurs que dans le bruit et la fumée. J'ai fini ma bouteille et je me suis couché, épuisé par avance à l'idée du dimanche.

Je dormis mal. Mon insomnie n'avait pas sa tonalité habituelle. Peut-être devrais-je changer de whisky ou de spaghettis. J'ai repensé à Élise. Je me suis vu l'épouser et vivre avec elle dans la maison vieux rose. Nos enfants avaient tous des moustaches gris et jaune, des grands chapeaux de brousse auréolés de crasse. Ils me poussaient à travers le gazon sur un fauteuil d'infirme dont la base avait été transformée en tondeuse. À la fin, je mettais le feu à femme et enfants et m'enfuyais avec la maison.

On ne ratisse jamais assez sa mémoire.

La sonnette de la porte d'entrée me réveilla dans un état voisin de la déliquescence absolue. Il était dix heures trente. Une colonne de fourmis rouges me grignotait le cerveau. Dans l'entrée la sonnette menaçait d'exploser. Après tout, ce dimanche allait peut-être se révéler plus nerveux que les autres. J'ai tangué jusqu'à la porte. Les murs avaient perdu leur rigidité coutumière, la porte ondoyait dans les limites floues du chambranle. J'ai collé un œil contre le judas, mais mes paupières étaient bien trop empéguées pour me laisser voir autre chose qu'une masse sombre enveloppée d'un manteau, surmontée d'un chapeau, ce qui, vu le temps, ne m'apprenait pas grand-chose. Une fois la porte ouverte, les masses se révélèrent être jumelles. Elles devaient stationner là depuis un bon moment. Autour de leurs pieds, l'eau dessinait un rond presque parfait.

— Police !

C'était sommaire, efficace, et parfaitement inutile. Même bourré, je pouvais reconnaître un flic quand j'en voyais deux.

— Habillez-vous. Le commissaire Bandry veut vous voir.

— Qui, moi ? raisonnai-je.

— Non, votre grand-mère, répondit l'une des masses humides.

L'autre se mit à rigoler. J'en fis autant, histoire de leur montrer que je n'étais insensible à aucune forme d'humour.

— Avec ou sans pyjama ?

— Ça, mon vieux, il n'y a que vous qui pouvez le savoir.

— Si vous me mettez les menottes, je prends mon pyjama. Ça colle ?

— Pas de menottes.

Toujours ça de gagné. Un assureur avec des menottes n'a plus qu'à changer de métier. Même à Nice.

— Pas de café non plus ? m'enquis-je.

— Magnez-vous, Clerc. On a horreur de travailler le dimanche.

Et moi j'adorais me faire emballer le dimanche.

Toute l'eau du ciel tombait sur Nice et ils étaient garés au diable. Peut-être que dans la France socialiste les flics payaient les contraventions.

— La double file, c'est pas fait pour les chiens, ai-je râlé pendant qu'un Niagara s'insinuait entre ma chemise et mon cou.

— Vous croyez qu'on emmerde pas assez le monde comme ça ? répondit le plus gros.

— Belle leçon de lucidité, inspecteur. Au temps pour moi.

À part les inconditionnels de la messe, la ville était déserte. Nous arrivâmes à Foch avant que l'humidité de ma chemise n'ait pu se communiquer à mon slip. L'hôtel de police semblait assoupi. À croire que la criminalité s'arrête les dimanches matins pluvieux. Il y flottait l'habituel remugle de tabac froid et de paperasse tiède. Un air d'ennui intemporel, de vide calibré. Je crois que j'aurais aimé être flic.

Un ascenseur, tel un ver dans son trou, nous monta solennellement jusqu'au solennel d'un couloir administratif uniformément beige, égayé çà et là de notes de service punaisées comme des papillons par des entomologistes en manches de lustrine.

Un air de rock joué en sourdine semblait attendre, comme n'importe quel délinquant, qu'on voulût bien l'entendre. J'ai devancé mes gardiens et me suis dirigé vers la source de la musique. La porte était ouverte. Derrière son bureau, le commissaire Alain Bandry se curait les ongles. Méticuleusement, comme tout ce qu'il entreprenait. Sous sa moustache rousse de major anglais, la fumée d'une Camel sans filtre dessinait autour de son visage d'élégantes arabesques. Sur un coin de son bureau un magnétophone à cassettes diffusait une vieille chanson des Rolling Stones. Il avait l'air de sortir directement d'une page de *Vogue* pour hommes. Il ne répondit pas à mon sourire. Sans dire un mot, je pris le siège qu'il me désignait.

— Élise d'Horville, ça te dit quelque chose ?

Tout compte fait, j'aurais dû prendre mon pyjama.

— J'ai connu son père, Bertrand d'Horville. Il s'est tué en Indonésie. J'assure toujours leur maison du Mont-Boron.

— C'est tout ?

Mentir à un flic est une opération des plus périlleuses qui soient. Particulièrement quand on ignore tout de ce que le flic peut savoir. J'ai pensé rapidement à la liasse dans mon coffre. Au vieux jardinier. À ma secrétaire…

— Je l'ai vue vendredi. Elle est passée à mon bureau.

— Juste pour te dire bonjour ?

J'ai décidé de secouer la laisse. Juste pour avoir une idée de sa longueur.

— Désolé, vieux. Rien ne m'oblige à te raconter les entretiens que j'ai avec mes clientes. Rien ne m'obligeait non plus à suivre tes deux gorilles.

— Pourtant tu l'as fait.

— Et alors, qu'est-ce que ça prouve ?

— Rien. Mais si tu as accepté de suivre deux flics un dimanche matin, tu peux aussi me dire ce que te voulait Élise d'Horville.

— Pas tant que je ne serai pas sûr que cela ne lui sera pas préjudiciable.

— Dis plutôt que tu ne veux pas l'ouvrir tant que tu ne sauras pas pourquoi je t'ai fait venir.

La conversation prenait une sale tournure. Bandry ne m'avait pas tiré du lit pour une enquête de routine sur mes clients habituels. Pas cette fois. Je me suis mis à transpirer et dans le bureau d'un flic, ça n'a rien d'agréable.

— J'aime bien quand tu joues les flics. Ça me rappelle le bahut. Ma madeleine à moi, si tu préfères…

C'était bien la première fois qu'une vanne sur notre enfance commune ne le faisait pas rire.

— Réponds à ma question, Phil.

— Pas tant que tu m'auras pas dit ce qui se passe. Boucle-moi si tu veux.

Il soupira. Il avait l'air malheureux.

— Ça risquerait trop de te plaire. La maison des d'Horville a brûlé cette nuit. La fille était dedans.

L'amour ne ressemble à rien avant qu'on ne le perde. Ma douleur vint de ce que je n'avais pas perdu. J'aurais dû embrasser Élise pour mériter le vide qui m'habitait soudain. Je n'y avais aucun droit. Il ne restait qu'une souffrance vide de tout objet. Un manque blême, une photo sans image.

— En quoi cela me concerne-t-il ?

— Je ne sais pas, Phil. Je t'y ai simplement trouvé.

— Le vieux jardinier, soupirai-je.

— Il te prend pour un agent immobilier déguisé en assureur. Ce matin, j'ai appelé ta secrétaire. Élise d'Horville était à ton bureau vendredi après-midi.

— Elle voulait vérifier les garanties du contrat.

— Tu peux le prouver ?

— Non. Tout collait. Elle n'a pas demandé d'avenant.

— Dommage pour toi. Ça arrive souvent qu'un client vérifie ses garanties deux jours avant que sa maison brûle.

J'ai ricané.

— Encore assez. Tu veux des statistiques ?

— Je t'en demanderai peut-être un jour. Ne serait-ce que pour avoir une idée du taux de mortalité de la clientèle.

Un silence mouillé, chuintant, montait du boulevard. J'avais froid.

— Elle est morte bien sûr.

Son regard bleu était dur. Des ombres de fatigue ternissaient le blanc presque transparent de ses paupières. Je l'ai imaginé, au petit matin, fouillant d'un soulier las les décombres détrempés de la vieille maison rose. Et la mort à ses pieds. Noire comme un charbon sur le vert du gazon.

— Tu veux la voir ?

La douceur de sa voix me fit baisser les yeux.

— Tu ne crânes plus, Phil ? Ça m'étonne de toi. Ce n'est qu'une morte après tout. Un cadavre de plus dans un monde déjà raide. Rien qui puisse atteindre ta solitude altière. Viens avec moi, Phil. Je te donnerai de quoi mépriser le monde pour tout ce qui reste de ta foutue vie. C'est bien ce que tu cherches, non ?

— Ta gueule, Alain, ai-je dit doucement. Exorcise-toi sur quelqu'un d'autre. Je n'irai pas la voir à moins que tu ne m'y obliges. Reprends tes marques, mon pote. Entre toi et moi, la mort n'a rien de personnel.

— J'aimerais en être sûr. Si seulement ta présence n'était pas si forte autour de celle-là… Pourquoi rôdais-tu autour de la maison ?

Que pouvais-je lui répondre ? Que je cherchais des raisons pour ne pas faire un sale boulot qu'une gamine a fini par faire elle-même. SALEMENT ? Que je voulais pour une fois rester honnête pour mériter un amour imaginaire ? Que je courais après les traces de ma sénilité ? Ou bien que je faisais des repérages pour que la vengeance du diable me frappe à l'endroit même où j'avais décidé provisoirement de l'abandonner ?

— Je ne sais pas. Cette fille me plaisait. J'ai eu envie de voir sa maison. J'y suis allé le soir de sa visite. Il pleuvait. J'étais passablement défoncé. La baraque m'a paru comme assoupie. J'en ai rêvé toute la nuit. De la fille aussi. Alors, le matin, j'y suis retourné. Sans raison. Comme si j'avais eu la prémonition de l'accident.

— Ce n'était pas un accident, Phil. La fille a été assassinée. Je pensais que tu l'avais compris.

Foutu hypocrite de rouquin ! Je me suis levé, renversant ma chaise. Une humidité glacée enserrait ma poitrine, cheminait dans mes tripes, figeait mes pensées. Je me suis dirigé vers la fenêtre. Comme on traverse une glacière.

La ville aussi s'enfonçait dans les glaces.

— Tu ne pensais rien du tout. Tu attendais seulement que je me confie. Tu te contentais de faire ton petit boulot de flic mariole en tripotant mentalement tes menottes. Bien joué, commissaire. J'avoue tout. Où dois-je signer ?

Il sourit. Un pauvre ersatz de sourire qui ne parvint jamais à ses yeux fatigués.

— J'aimerais mériter tes compliments. S'il y a un mariole ici, ce n'est malheureusement pas moi.

— Tu ne penses pas que je l'ai tuée ?

Il haussa les épaules.

— Je pense que tu es un menteur, mais je n'ai aucun moyen de le prouver. N'aie pas de regret. Ce ne serait certainement pas suffisant pour te boucler.

— Tu es certain que c'est un meurtre ?

— Aucun doute. Son visage était pratiquement intact. On lui avait enveloppé la tête dans des feuilles d'amiante.

— Elle a peut-être cherché à se protéger de l'incendie.

— En ficelant le sac avec un fil d'acier ? De toute façon, elle était morte avant, on lui a fendu le crâne avec un tisonnier. Ne me demande surtout pas pourquoi, j'espérais que tu allais me l'apprendre.

J'ai soutenu son regard jusqu'au bout. Jusqu'à ce qu'il le laisse retomber sur un vieux sous-main de carton bouilli.

— Je peux partir ?

— Bien sûr que tu peux. Inutile de te demander de ne pas quitter la ville, tu ne la quittes jamais.

Le couloir était désert. Il y faisait un froid d'enfer.

5

Le lendemain matin, les frères d'Horville étaient dans mon cabinet. Ils s'étaient pointés à l'ouverture, sans rendez-vous, accompagnés de leur avocat. Une petite crapule chafouine dont je connaissais la réputation certainement aussi bien qu'il connaissait la mienne. Ma secrétaire les avait fait entrer dans mon bureau avant que j'y pénètre moi-même. J'avais mal dormi, la gueule de bois, les yeux rouges et une barbe de deux jours. J'étais triste à mourir. Une seule de ces raisons aurait suffi à me rendre plus agressif qu'un verrat. Ils se levèrent à mon entrée. Mollement.

— Je suis Luc d'Horville et voici mon frère Jean-Paul. Je crois que vous connaissez notre avocat, Jean-Charles d'Arcy.

J'ai laissé leurs mains pendre au bout de leurs vestes noires. Leur deuil s'était paré d'alpaga et de soie. Ils le portaient comme un saint sacrement. Luc semblait le plus vieux. Ils étaient tous deux assez beaux. De cette beauté lisse et mate qui s'attrape sur les yachts et les courts de tennis et qui ne tarde pas à se fissurer quand la jeunesse devient impuissante à contenir la veulerie et l'âpreté. Dans quelques années, ceux-là seraient laids. D'Arcy l'était déjà. Entre nous quatre, l'antipathie fut immédiate, totale et réciproque.

— Une bonne chose de faite, grommelai-je en m'asseyant.

— Je vous demande pardon ? s'enquit Luc d'Horville.

— J'ai dit : « Une bonne chose de faite. » L'antipathie naturelle, surtout quand elle est réciproque, est un bon moyen de gagner du temps en affaires.

D'Arcy sourit franchement. Les deux autres se tortillèrent en rougissant.

— Le fait est, monsieur Clerc, que vous semblez avoir du mal à passer le cap du lundi matin, mais pour ce qu'ils attendent de vous, je pense que mes clients s'accommoderont de la curieuse image que vous leur présentez. Encore qu'en la circonstance, des condoléances eussent été plus appropriées que des insultes.

Ils avaient pris possession de mes fauteuils avec la certitude des culs bien nourris. Les fesses bien à plat, les mains couchées sur leurs cuisses entrouvertes. Ils étaient fats et prévisibles, confits dans leur douleur ostentatoire, prédateurs de salon, requins inermes aux dents molles, rompus depuis longtemps aux festins pourrissants. Bientôt, ils souriront de leurs lèvres flottantes, m'offriront de l'argent, m'inviteront à partager leur bauge…

— Des condoléances ? Pour quelle perte désirez-vous les recevoir ? Votre sœur ou la maison ?

— Vous allez trop loin, Clerc.

Bien sûr que j'allais trop loin et je n'avais aucune raison de le faire. Ils auraient dû se lever, me frapper et partir.

— Rien ne vous oblige à le supporter.

— Nous aimerions comprendre, demanda Luc d'Horville.

Sa voix était basse et douce. J'y retrouvais l'autorité qui émanait de celle de son père ainsi que quelques traces de cette musique incertaine qui m'avait tant séduit chez sa sœur.

— À vrai dire, je ne suis pas certain de bien comprendre moi-même, monsieur d'Horville. Votre visite m'est insupportable sans que je puisse y trouver le moindre motif. Peut-être est-elle trop proche de celle que m'a rendue votre sœur.

Ses yeux se rétrécirent.

— Élise est venue vous voir ?

— Vous l'ignoriez ?

— Que voulait-elle ?

— Si elle ne vous l'a pas dit, je n'ai aucune raison de le faire.

— Ma sœur est morte, monsieur Clerc. Vraisemblablement assassinée…

Il guetta ma réaction. Je n'en eus pas.

— … Rien de ce qui peut avancer l'enquête ne doit rester secret. Je suppose que vous le comprenez.

— Vous êtes de la police ?

— De la famille. Ça devrait vous suffire.
— Précisément.
— Je ne comprends pas.
— Demandez à d'Arcy.
Le petit avocat souriait paisiblement.
— Vous êtes complètement fou, Clerc.
— Allez-y. Expliquez-leur. C'est vous le baveux, non ?
Il me fixa sans cesser de sourire. Luc tripotait l'extrémité de sa cravate. Jean-Paul continuait de se perdre dans la contemplation de ses godasses.
— Vous y tenez vraiment ?
— Autant que vous à vos honoraires.
— Les contrats incendie ne comportent pratiquement pas d'exclusion à partir du moment où la notion de combustion vive n'est pas remise en question. Les compagnies ne peuvent en particulier se prévaloir de la nature criminelle du sinistre pour refuser de payer. Sauf s'il est prouvé que c'est l'assuré qui a mis le feu aux biens assurés dans le but de percevoir l'indemnité. Ça vous va, Clerc ?
— Je n'aurais pas mieux dit.
Je me suis délecté de la qualité du silence qui suivit. J'ai jeté un rapide coup d'œil vers ma fenêtre. La pluie oblique s'y dessinait en hachures grises. Jean-Paul d'Horville continuait de se taire, ses yeux de chien de luxe fixés sur son frère ruisselaient de confiance. D'Arcy souriait. Son regard se baladait autour de la pièce comme s'il y cherchait à découvrir mon prix.

Luc d'Horville hésitait. Comme une cantatrice à la recherche du registre le plus juste. Seules, sur son visage immobile, les veines de ses tempes témoignaient de sa fureur. Il se souvint qu'il était riche, noble et peut-être innocent.

— D'Arcy a raison, monsieur Clerc, articula-t-il d'une voix calme. Vous êtes complètement fou. Si j'ai bien compris, vous n'excluez pas l'idée que nous sommes mon frère et moi coupables d'incendie criminel et, pourquoi pas, de meurtre ?

— C'est une possibilité.

— Elle est absurde et outrageante.

— Peut-être. Il n'empêche qu'en l'état actuel de l'enquête et en tant que mandataire de ma compagnie, je suis contraint de ne pas l'exclure.

Son rire contenait tout le mépris du monde. Je me sentais las, triste et frustré. Frustré de n'avoir pu entamer ce bloc de certitude, las de poursuivre ce bluff idiot, et triste de ne pouvoir me débarrasser de toute ma tristesse.

— Vous êtes un imbécile, Clerc. Heureusement, votre compagnie est dirigée par des gens qui ne le sont pas. Ma famille n'est pas de celles qu'on soupçonne. Vos directeurs sauront le comprendre et vous n'aurez fait que perdre la juste rétribution qui récompense habituellement la diligence de vos services.

— Je me passerai de pourboire, d'Horville. Pour ce qui est de mes directeurs, ils ont l'habitude de fouiller dans les poubelles avant de signer un chèque de dix millions. Veillez donc à ce que les vôtres soient propres. En attendant, ma secrétaire se fera un plaisir de recueillir votre déclaration. C'est la filière normale. Même pour votre famille.

Il est sorti sans un regard. Son frère l'a suivi, un sourire maussade sur son visage niaiseux.

— Vous n'allez pas tarder à payer ce petit plaisir, Clerc. Je le crains.

D'Arcy s'était arrêté à la porte. Il contemplait mon bureau comme s'il se demandait comment il avait pu y séjourner si longtemps. J'ai empoigné ma règle d'acier.

— Ne me tentez pas, d'Arcy. J'aurais bien trop peur d'aimer ça.

— Frimeur ! gloussa-t-il en disparaissant.

Je me suis versé un scotch. J'ai fumé et bu en attendant que le téléphone sonne.

6

— Qu'est-ce qui t'a pris ?

La pluie ne débandait pas. À croire que je contemplais la ville de l'extérieur d'un aquarium. Mon téléphone avait fini par sonner. Jacques Masséna fut plutôt sobre. Il voulait me voir. Tout de suite. On ne discute pas les désirs de ceux qui nous aident à réaliser les nôtres. À moins que l'on ne veuille changer de métier. Son appartement donnait sur la réserve et le cap de Nice. Il n'avait pas de fenêtres, juste d'immenses baies vitrées qui donnaient à mes habituelles contemplations moroses la dimension d'une déprime en cinémascope.

— Il pleut, dis-je.

— Je m'en fous. Sers-nous deux scotches.

J'ai traversé le grand salon. Tout était trop grand ici. Les canapés de buffle gris semblaient conçus pour accueillir les multiples fessiers des visiteurs toujours absents. De grands tapis s'enfonçaient dans la luxuriance d'une moquette à grands poils. Aux murs, de grands tableaux de grands maîtres faisaient ce qu'ils pouvaient pour ressembler à de quelconques lithos à cent balles. Masséna était assis à son bureau. Derrière lui, les rayons de sa bibliothèque semblaient être une masse prête à l'ensevelir. Quand il ne truandait pas, Masséna lisait. Un journal branché lui avait un jour décerné le titre du truand le plus cultivé du monde occidental.

J'ai refait le chemin en sens inverse en prenant garde à ne pas renverser les grands verres.

— Qu'est-ce qui t'a pris ?

— C'est d'Arcy qui t'a prévenu ?

Il prit son verre sans répondre. La pièce sentait la lavande et le cigare. Le ferry d'Ajaccio quittait le port de Nice. Sous la pluie, il ressemblait à un sous-marin rétro.

— J'ai du mal à vieillir, Jacques. Ces trois corbeaux ont réveillé chez moi une vieille haine juvénile.

— Puérile, rectifia-t-il.

— Si tu veux. À mon âge la différence est mince. J'ai eu envie de les faire chier.

— C'est tout ?

— Que pourrait-il y avoir d'autre ?

— Il paraît que la fille est venue te voir.

J'ai essayé de rire. Vu d'où j'étais, ça ne ressemblait pas à grand-chose.

— C'est ça qui les inquiète, hein ? Après tout, peut-être que mon bluff n'était pas si idiot que ça.

— Depuis quand se connaît-on, Phil ?

— Celle-là, on me l'a déjà faite. Il n'y a pas si longtemps d'ailleurs. Ça te plairait de savoir qui ?

— Bandry ?

Cette fois-ci, ça ressemblait vraiment à un rire.

— Exact. Touchante coïncidence, non ?

— Non. Tu ne bluffes jamais à vide, Phil. Ça, au moins, je le sais et Bandry aussi. Tu as au moins une carte.

— La fille ?

— Qui d'autre ? Cesse d'emmerder d'Horville. Tu n'as rien à y gagner.

— Et toi ?

Il me sourit. Ses dents étaient aussi blanches, ses lèvres aussi rouges que quand nous proférions les mêmes anathèmes sur les parvis enrubannés de rouge et noir.

— J'espère que tu vivras assez longtemps pour connaître les réponses aux questions que tu poses. Je suis en affaires avec Luc d'Horville. Il sait que tu travailles avec moi. Il comprendrait mal que tu te mettes entre nous. Ça te va ?

— Je ne crois pas...

Une rumeur mouillée montait du boulevard. À cinq cents mètres de là, vers l'est, la pluie se mêlait aux décombres d'une maison rose et vert. Des décombres habités de chair. Je vis soudain ce que je n'avais pas voulu voir. Le corps d'Élise saisi par l'instantané de la mort. Et l'odeur, la douleur... sa douleur.

— Ça ne va pas, Jacques. Je ne supporte pas qu'elle soit morte. Je ne peux pas m'arranger avec ça. Même pour toi.

Il glissa son regard oblique à l'intérieur du mien.

— Tu l'as baisée ?

— Non, je l'aime. C'est encore pire.

— Depuis quand ?

— Qu'est-ce que tu cherches à savoir ? Je ne l'avais jamais vue avant vendredi dernier. Je ne l'ai jamais touchée et je l'aime depuis que je sais qu'elle existe. Ça te va ?

— Qu'est-ce qu'elle te voulait, Phil ?

— Demande à Bandry.

— Tu ne lui as probablement rien dit.

— Probablement est le mot juste.

Il sourit. Nous bûmes en silence. J'aimais la façon qu'il avait de laisser traîner son sourire sur son visage comme une fleur un peu mystérieuse, un instant qu'il aurait omis d'insérer dans la chaîne du temps.

Bandry, lui et moi nous nous connaissions depuis toujours. Partant des mêmes idéaux usés nous avions peu à peu glissé vers des dérives divergentes. Le rouquin moraliste était devenu flic, l'activiste, anar truand de haut vol, moi je continuais d'ignorer ce que faisait ma main droite. Nous nous rencontrions, à dates régulières, dans des fêtes un peu neutres où chacun affectait d'oublier la griffe des années. La mort d'Élise venait de briser ces conventions. Comme une nouvelle jeunesse, ou peut-être l'amorce d'une soudaine et irrémédiable sénescence.

— Ce n'est que du bluff, Phil. Rien ne te permet de croire qu'ils l'ont tuée.

— Quelqu'un l'a fait et je n'ai personne d'autre sur qui passer ma colère.

— Même si ça doit me gêner ?

J'ai détourné mes yeux des siens.

— Parle-moi d'eux.

— Jean-Paul ne compte pas. Ce n'est qu'une loque vicieuse à la botte de son frère. Il a épousé la fille d'un vieux mac reconverti dans la gestion immobilière. À part se bourrer le pif et partouzer, ils ne savent pas faire grand-chose.

— Coke ?

— Ça et tout le reste. Défonce et baise polyvalente. Demande à Bandry, il en sait plus long sur lui que sa propre mère.

— Luc ?

— Plusieurs calibres au-dessus. L'intelligence de son père, une conscience aiguë de son extraction aristocratique et aucun sens moral.

— Marié ?

— Plutôt deux fois qu'une. Une Américaine qu'il a ramenée de Boston. Elle prétend descendre en ligne directe du *Mayflower*. Aussi dure que belle. À croire qu'il l'a fabriquée lui-même.

— Qu'est-ce que tu fricotes avec eux ?

— Des affaires.

— Non ! Sans blague ?

Il émit un petit rire sourd. Un gloussement presque joyeux.

— L'ignorance est un bienfait que seuls les sages savent apprécier. Garde-toi de la connaissance, camarade, elle est sœur de la vie éternelle.

— C'est une menace !

— Tu ferais un très bel ange. Mais rien ne presse. Que dois-je dire à d'Horville ?

— Ce que tu voudras. Parle-lui de 1789, par exemple.

— C'est une bonne idée, fais quand même gaffe à la Restauration.

7

Même calcinée jusqu'à l'âme, la maison parvenait à garder un peu de sa grandeur. Ses ruines noires et roses vacillaient contre le ciel détrempé sous l'hommage frissonnant des grands palmiers. La pluie pilonnait doucement les décombres, les incorporait à la terre. Le portail, arraché par la hâte des sauveteurs, grinçait sur ses gonds tordus. L'allée, la pelouse portaient encore les longues cicatrices laissées par les camions. Au milieu du désastre, la silhouette du vieux jardinier dérivait d'arbustes en massifs. Les bords de son chapeau de brousse pendaient le long de son visage, un monologue silencieux agitait la broussaille de sa moustache. Il m'aperçut et, sans hâte, modifia le tracé subtil de son vagabondage.

— Vous ne portez jamais de chapeau ?

Il avait l'air étonné. La pluie glissait sur mes cheveux, s'insinuait entre peau et chemise. Je n'avais jamais eu de chapeau.

— Vos idées ne doivent plus ressembler à grand-chose, reprit-il. Comme ce jardin. Si on ne fait rien pour lui, le soleil le figera dans son désordre actuel.

Je n'ai rien trouvé à répondre. Un sourire malicieux vint illuminer son regard.

— Vous pensez que je suis fou. Détrompez-vous. Je suis seulement très malheureux.

— Moi aussi.

— Je sais. Vous l'étiez déjà la dernière fois. La différence, c'est que vous, vous ne savez toujours pas pourquoi vous l'êtes. Venez dans mon cabanon. Une pneumonie ne vous rendra pas le goût de vivre.

Il fit demi-tour et se dirigea vers l'arrière de la maison.

Le cabanon ressemblait à la maison comme une fille à sa mère. Debout près des décombres, noyé dans la pluie, il semblait la pleurer de toute l'eau de ses yeux verts. L'intérieur sentait le terreau, le tabac gris, l'ordre vieillot. Des cageots de bulbes y germaient à côté d'un vieux poêle à bois. Tout au fond, une reproduction d'un tableau de Van Gogh brisait l'ocre du mur. Une table, un fauteuil à bascule, un lit de camp soigneusement fait complétaient le décor. Un « intérieur paysan », vu par un peintre nostalgique et urbain.

— J'y dormais quelquefois avant. Déshabillez-vous. Prenez le fauteuil, vous serez mieux.

Il ôta sa veste. Garda son chapeau et s'assit sur une caisse, face au poêle. Ses mains passaient et repassaient dans le courant d'air chaud, s'y roulaient doigts écartés, tout entières à leur bonheur d'exister. Timidement, je tendis les miennes vers l'acier rougi.

— Vous admirez mes cals, sourit le vieux. Vous pensez : « Chacun d'eux est une victoire sur la gamberge. »

— À d'autres ! ai-je ricané. Sortez plutôt votre gnôle, ça vaudra mieux que vos boniments.

— À chacun ses mensonges. Les vôtres vous auraient valu la cabane, si j'en avais parlé aux flics.

— Pourquoi n'avez-vous rien dit ?

— Je n'ai dit que le minimum. Pour le reste, j'attendais votre retour.

— Qui a dit que j'allais revenir ?

— Votre tête. Je sais reconnaître un amoureux quand il m'arrive d'en voir un.

— Et cette gnôle ? soupirai-je.

Nous bûmes du marc de Peille, dans de vieux verres épais que le calcaire avait rendus opaques.

L'image d'Élise continuait à fuir. Mon chagrin se nourrissait du vide. Il brûlait d'une flamme vive, comme s'il puisait ses forces de l'image creuse qui l'avait suscité.

— Parlez-moi d'elle.

— Que vous dire que vous ne sachiez déjà ? Combien de fois l'avez-vous vue ?

— Une seule.

— Et vous pleurez sa mort comme celle d'un être essentiel… Si vous cherchez des raisons de la venger, n'allez pas plus loin. Vous en savez assez.

— Qui pleure ?

— Moi. Parce que vous vous croyez trop jeune pour le faire.

Son sourire lui remontait les rides bien plus efficacement qu'un lifting.

— Je n'ai plus d'âge. Même Élise n'a pu me persuader du contraire. Cherchez quelqu'un d'autre pour venger sa mort. Bien qu'à la vérité vous me semblez parfaitement capable de le faire vous-même.

Un petit gloussement filtra de derrière sa moustache.

— Admettons. Vous cherchez quoi exactement ?

— À éviter à ma compagnie de payer l'indemnité.

— Pourquoi ?

— Parce que c'est mon boulot et accessoirement pour empêcher des salauds de s'engraisser sur la mort d'une gamine.

— Très noble, monsieur Clerc. Rien d'autre ?

J'aurais bien donné ma vieille Jag pourrie et toute ma collection de cravates pour savoir ce que ce petit vieux avait fait de sa vie avant de se mettre à sarcler des plates-bandes. Cet air coriace, il ne l'avait certainement pas ramassé dans des bulbes de tulipes.

— Quoi, par exemple ?

— Quelqu'un pourrait se mettre à penser que vous êtes la dernière personne à avoir vu Élise vivante. À part son assassin peut-être.

— Bien sûr. Les flics y ont déjà pensé. Apparemment, je suis toujours dehors.

— Apparemment. Peut-être bien qu'ils attendent de savoir ce qu'elle était venue vous demander.

— C'est une assez bonne question. Ils y ont aussi pensé. Dommage qu'elle doive rester sans réponse. Vous voulez m'aider ?

— Je ne fais que ça, monsieur Clerc.

— D'après vous, les frères d'Horville ne pensaient qu'à vendre la maison. C'est Élise qui ne voulait pas sortir de l'indivision. Un milliard de centimes, c'est un joli mobile, non ?

Il emplit nos verres. Vida le sien et attendit que j'en fasse autant. Je commençais à transpirer, la gnôle me semblait de moins en moins râpeuse. Dans le silence, le poêle ronronnait.

— Oubliez ça, Clerc. Lui et Jean-Paul sont des ordures, mais ils auraient donné leur peau si Élise en avait eu besoin. Elle n'a jamais connu sa mère et son père s'intéressait bien plus à ses usines qu'à ses enfants. C'est Luc qui lui a servi de père, et il l'a fait avec infiniment plus de tendresse qu'il n'en a jamais témoigné à ses propres enfants. Quant à Jean-Paul, sa sœur était sans doute la seule personne susceptible de lui faire oublier son propre nombril. Ils sont l'un et l'autre capables de n'importe quel meurtre. Pas de celui-là.

— Et de mettre le feu à la maison ?

— Non plus. Aucune somme d'argent n'aurait pu leur faire oublier le chagrin d'Élise. Ils l'aimaient, Clerc. Je n'ai jamais compris comment un tel sentiment avait pu naître dans un tel champ d'épandage. Mais c'est ainsi.

J'aurais pu lui raconter des tas de choses sur l'ordure et l'amour. Suffisamment, en tout cas, pour passer pour un spécialiste.

— L'argent peut faire faire de grandes choses. Et la famille d'Horville m'avait l'air prête à tout pour s'en procurer.

— Que voulez-vous dire ?

— Élise voulait que je mette le feu à la maison. D'après elle, ses frères n'auraient jamais voulu vendre. Le feu était la seule façon de sortir de l'indivision.

Nous nous dévisageâmes un long moment. La chaleur du poêle faisait fumer mes vêtements. La moiteur et l'alcool me ramollissaient doucement la cervelle. Les mêmes causes semblaient avoir un effet inverse sur mon interlocuteur. Il me parut plus grand, plus dur.

— Pourquoi me dites-vous ça ?

— J'en sais rien. Peut-être parce qu'il faut bien que je me décide à le dire à quelqu'un.

— Ça fait de vous un coupable idéal. Je suppose que vous vous en rendez compte ?

Je lui ai souri.

— Gardez l'information et vous ferez un complice tout à fait acceptable. Je suppose que vous vous en rendez compte ?

— Racontez-moi ça, soupira-t-il.

J'ai raconté. Élise revivait comme si elle eût attendu que je me débarrasse du secret de sa visite pour émerger du fond de ma conscience. Le vieux m'écoutait en grignotant sa moustache. Il ressemblait à quelque personnage d'*Alice* oublié dans la mémoire de Lewis Carroll. Une Alice des années 80, morte de n'avoir pu trouver le bon conte.

— Vous êtes dans une sacrée merde, conclut-il. Mais je me tairai.

— Pourquoi Élise avait-elle besoin de cet argent ?

Il secoua la tête. Sur le mur, l'ombre portée semblait celle d'un vieil éléphant.

— Personne ne savait rien d'Élise. Elle était comme un mystère limpide. Sa grâce lui servait de seule vérité. Vous en savez plus sur elle que tous ceux qui l'ont approchée.

— Excepté son assassin.

— Excepté son assassin. Je me tairai, monsieur Clerc. Je me tairai parce que je pense que vous ne l'avez pas tuée. Mais vous n'êtes pas quitte pour autant.

Sa voix s'était durcie. Sous l'ombre du feutre, ses yeux brillaient de haine. Une haine drue, insolite dans ce visage gris, fripé par les années et la compagnie silencieuse des arbres et des fleurs.

Dehors, il pleuvait toujours. Une pluie droite sans le soutien du vent.

8

J'ai trouvé Charles Guérard chez Acchiardo, attablé devant une assiette de raviolis maison. Bien que les locaux du journal aient été déménagés à la périphérie de la ville, il continuait à venir déjeuner dans ce petit troquet du vieux Nice dont il connaissait le menu presque aussi bien que les arcanes de la ville.

— D'Horville ? murmura-t-il en me désignant la chaise qui lui faisait face.

— Comment le sais-tu ? dis-je plus pour lui faire plaisir que par étonnement réel.

— J'ai appris que les flics t'avaient serré dimanche matin, après l'incendie de la villa. J'ai pu obtenir de Mario qu'il ne passe pas l'information.

Je l'ai remercié d'un sourire.

— Tu manges ?

— Je crois que je ferais mieux de m'en tenir au liquide.

Il me lança un regard aigu et demanda un autre verre au patron. Le vin était frais. Un frisson me fit monter les larmes aux yeux. Guérard leva sur moi son visage grave de janséniste militant. Une barbe épaisse et mordorée grimpait sur ses joues pâles.

— Je t'écoute.

— Ici ?

Il laissa traîner son regard ironique sur l'assemblée : buveurs de rouge en bleus de chauffe, pochards vitreux frileusement terrés dans les plis humides de leurs grands manteaux, commerçants, la bouche pleine de tripes ou de stockfisch, qui s'interpellaient en niçois en se rinçant la gueule à grands coups de rosé.

— Pourquoi pas ? Quels que soient tes problèmes, ici tout le monde s'en fout.

— Luc et Jean-Paul d'Horville. Qu'est-ce que tu sais d'eux ?

— Que leur sœur vient de mourir dans l'incendie de la maison familiale et que ça ressemble passablement à un meurtre.

— C'est un meurtre.

— Tu y étais ?

Son sourire était transparent. Une pâle altération de ses traits. Le sourire du sceptique.

— On ne se suicide pas en se fourrant au préalable la tête dans un sac d'amiante.

— Élise d'Horville était belle. Elle souhaitait peut-être la mort. Pas la laideur.

— Tu la connaissais ? dis-je.

— Suffisamment pour avoir envie d'en savoir plus. Elle venait de temps en temps au journal.

Elle compulsait les vieux numéros, interrogeait ceux qui avaient connu son père.

— Que cherchait-elle ?

— Rien de précis. Elle flairait ses traces. Comme un animal en quête d'un territoire perdu dans ses gènes.

Un animal… La comparaison s'imposa soudain à mon esprit avec une lumineuse évidence. Ses gestes effarouchés… Cet étrange besoin de caresses qui émanait d'elle, ambigu comme si elle se cherchait des occasions de mordre.

— Elle ne l'a pas connu ?

— Mal. Elle avait quinze ans quand il est mort et ne l'avait pas revu depuis plus de deux ans. Elle portait sa photo dans un médaillon accroché à son cou. Les archivistes du journal détournaient la tête quand elle découpait maladroitement les articles qui parlaient de lui. Tout le monde l'aimait. Elle n'aimait que lui.

— Et toi ?

Son sourire dérapa.

— Elle était la seule femme qui m'ait jamais donné l'envie de rentrer à heure fixe.

Nous communiâmes d'un verre de rosé, dans le silence tonitruant des voix avinées, noyées dans la vapeur qui s'échappait en volutes saumâtres des vêtements humides.

— Et ses frères ?

— La pire des belles-familles qu'on puisse souhaiter. Mais je crois que j'aurais pu m'en satisfaire.

Il piqua rêveusement une paire de raviolis figés dans la sauce, les contempla avant de les reposer avec précaution sur le bord de la porcelaine ébréchée.

— Dégueulasse ! reprit-il. Tu me dois déjà un plat de raviolis, Phil. Sans compter le prix de mes renseignements. Qu'est-ce que tu veux foutre dans ce merdier ? Je croyais que tu n'aimais que les putes.

— Pas d'amour là-dedans. Juste un flic qui s'est fourré dans la tête que je pourrais bien être un des derniers à l'avoir vue vivante. Avant l'assassin, bien sûr.

— Bien sûr, sourit-il. Ça te laisse quand même une chance. Qu'est-ce qu'elle te voulait ?

— Des détails sur la police d'assurance qui couvrait la maison.

Il siffla entre ses dents.

— Tout de suite après, la fille disparaît. La maison brûle et la gamine réapparaît sous forme de charbon de bois. Rectification, Phil : c'est une demi-chance qu'il te reste.

— Merci de tes encouragements. Mais jusqu'à preuve du contraire, sa mort ne me rapporte rien d'autre qu'un paquet d'emmerdements. En revanche, les frangins d'Horville vont se partager un bon milliard de centimes.

— Ils les avaient de toute façon. La maison leur appartenait. Ils auraient pu la vendre.

— Pas si Élise refusait de sortir de l'indivision. D'après ce que je sais, elle ne voulait pas entendre parler de vente.

— Comment le sais-tu ? Qui te l'a dit ? Elle ?

Je me taisais. Bien décidé à conserver le peu d'avance que j'avais sur la meute. Une avance illusoire, contradictoire. Un paquet de billets neufs encore plein de son odeur. Les affirmations d'un vieux jardinier suffisamment malin pour laisser entendre qu'il n'était pas tout à fait celui qu'il paraissait être.

— Personne ne sait exactement ce que cherchait Élise, poursuivait Charles. Et si c'était elle qui avait besoin d'argent ? Elle vient te voir. Se renseigne sur les capitaux garantis et file mettre le feu à la maison. Ou mieux, paie quelqu'un pour le faire.

— Absurde, coassai-je, les tripes soudain au fond de mes godasses. Qui l'aurait tuée ?

Le regard de Guérard me trépanait. Comme si ce foutu journaliste faisait l'inventaire de mes neurones.

— Le boutefeu, par exemple. Une manière décisive de s'assurer de son silence.

C'était précisément le genre d'idées qui pouvaient germer dans le cerveau d'un flic.

— Elle ne pouvait l'accuser sans tomber elle-même.

— Quand tu tires cinq ans de tôle, le fait de savoir que tu n'es pas le seul n'est pas vraiment un réconfort. Et puis, que vaut ta parole contre celle d'Élise d'Horville ?

J'ai séché la bouteille de rosé. Je n'avais pas appris grand-chose sur les frères d'Horville, mais j'en savais suffisamment long sur la manière de mener une enquête pour avoir une vieille envie de me procurer de toute urgence un aller simple pour la Papouasie.

— Tu veux un conseil, Phil ?

— En ce moment, je prends tout ce qu'on me propose. Profites-en, ça ne durera pas.

Il ricana doucement.

— Laisse tomber. Les frères d'Horville sont bien trop gros pour toi. Ils sont trop gros pour tous ceux qui grenouillent dans cette ville. Ces deux fumiers ont peut-être brûlé leur frangine mais ils ne l'ont certainement pas fait pour de l'argent. Une demi-brique suffirait à peine à couvrir leurs frais de fonctionnement. S'il y a quelque chose à trouver, les flics le trouveront. Si c'est propre, ils le sortiront, mais si c'est vraiment crado tu peux être tranquille qu'ils l'enterreront aussi profondément que tout ce qui constitue les fondations de notre radieuse cité. Dans tous les cas de figure, tu ferais mieux de disparaître du tableau.

— En fumée, comme Élise ?

— T'as encore le choix. Profites-en. Ça ne durera pas.

J'ai horreur qu'on me fauche mes répliques. Je l'ai laissé. Devant lui, les raviolis entraient en phase de solidification complète.

9

J'ai réveillé Charo. L'après-midi est un moment merveilleux pour faire l'amour. C'est même le seul vrai luxe que je connaisse. Seuls les vrais oisifs peuvent s'y adonner. Ses seins, tout alanguis de sommeil, dansaient dans la pénombre, leurs aréoles brunes se penchaient parfois pour faire à ma moustache l'aumône d'un baiser. Son corps recelait des trésors de douceur dont j'avais la fatuité de croire qu'ils m'étaient seuls destinés.

— Et ta copine ? Celle de la haute.

Ses ongles dessinaient sur ma poitrine d'ésotériques arabesques ; subtils messages d'amour griffonnés dans une langue que nous nous refusions à parler.

— Elle est morte. La maison aussi.

— C'était dans le journal. Tu souffres ?

— Je ne souffre jamais de ce que je ne peux atteindre.

— Menteur.

— Sois contente. La vérité n'intéresse que les imbéciles.

— Comment fais-tu pour ne jamais douter de ton intelligence ?

— Je mens.

Elle étouffa un petit rire et coupa net la sonnerie du téléphone.

— C'est pour toi.

Discrète et nue, elle glissa vers la salle de bains.

— Monsieur Clerc ?

La voix de ma secrétaire suintait de réprobation.

— Compliments, Nicole. Vous faites des progrès de jour en jour. Vous m'avez trouvé du premier coup ou après une série d'appels humiliants pour votre vertu ?

— Les inspecteurs de la compagnie sont là, monsieur Clerc. Ils vous attendent. Je vous rappelle que vous deviez déjeuner avec eux.

— Mes frais généraux ne me permettent plus d'entretenir des fonctionnaires déguisés. Ils attendront bien que je m'habille. Je vous donne toute latitude pour les faire patienter agréablement.

— Je n'ai pas connaissance des tarifs de ce genre de choses, monsieur Clerc. Mais je suppose que c'est un point sur lequel vous pourriez m'instruire.

J'ai regagné mon bureau par le chemin le plus long. L'odeur chaude de Charo se mêlait au swing de John Lee Hooker. La pluie chantonnait le blues sur le toit de ma voiture. J'aurais voulu rouler longtemps, jusqu'à me fondre dans l'oubli du gris universel.

Les deux inspecteurs faisaient la gueule. Ils étaient beige standard, parfaitement conformes à l'idée qu'ils se faisaient de leur mission. J'ai sorti une bouteille de scotch d'un tiroir de mon bureau. J'ai quand même discerné une pointe de regret dans leur refus.

— L'annuaire de Los Angeles, où, entre parenthèses, je n'ai jamais mis les pieds, classe les agents d'assurances et les détectives privés dans la même rubrique. J'ai pensé que ça me donnait le droit de singer les manies des seconds. Qu'est-ce que vous en pensez ?

Ils n'en pensaient manifestement rien. L'alcool avait un sale goût. À moins que ce ne fût ma bouche.

Je me fis porter le dossier d'Horville par ma secrétaire. J'avais l'impression que même ses fesses me tiraient la langue.

— Monsieur Clerc, les compagnies engagées dans la police d'Horville pensent que ce sinistre est suffisamment louche pour qu'il y ait matière à ne pas payer l'indemnité avant qu'une enquête approfondie n'ait été diligentée.

Il avait l'air vachement content de sa phrase. Il la laissa rouler dans la pièce jusqu'à ce que le dernier écho s'en éteignît. C'était un gommeux solennel en blazer croisé et cravate club. Ses pompes anglaises, impeccablement cirées, captaient la moindre ombre de lumière.

— Il semble en effet que l'incendie soit d'origine criminelle et qu'une des personnes ayant souscrit la police y soit mêlée.

Cet imbécile parlait d'Élise. Par quelle audace ce stéréotype ambulant pouvait-il se permettre de fouler ma douleur de ses croquenots aseptisés ? Soudain, j'en eus marre. Marre de cette affaire, marre de ce métier, marre de ce monde qui négociait la mort.

— Allez vous faire foutre, ai-je dit posément.

— Pardon ?

— Allez vous faire foutre, vous et vos compagnies. Vous n'avez aucune raison sérieuse de ne pas payer ce sinistre. Vous spéculez uniquement sur la mort d'une jeune fille pour tenter de conserver un fric dont ni vous ni les cadres sup de votre acabit ne verront jamais la couleur. Vous vous gargarisez de phrases bien rondes pour justifier le fait que vous n'êtes qu'un esclave aux chaînes de soie.

— Vous êtes ivre.

— Ne parlez donc pas de ce que vous ignorez.

— Monsieur Clerc…

— Rien dans les conditions générales de vos contrats n'exclut l'incendie criminel et vous le savez foutrement bien. Pour ne pas payer, il faudrait que vous puissiez prouver que ce sont les bénéficiaires de l'indemnité qui ont foutu le feu à la maison. Mais ça, vous n'y arriverez jamais parce que ce n'est sans doute pas le cas et surtout parce que les bénéficiaires en question sont des salopards d'un autre calibre que le vôtre. Alors foutez la paix à cette jeune fille et filez-moi donc le chèque que vous êtes autorisé à me verser.

Le gommeux m'aurait bien sauté sur le poil s'il n'avait craint de froisser sa flanelle et si on lui avait enseigné autre chose que la flexion antérieure du buste. Je n'en étais pas sûr, mais il me semblait bien que l'autre se marrait derrière sa serviette.

— Mais l'expertise n'est pas finie…

— Vous avez vu la maison. Il n'en reste pas suffisamment pour assouvir la hargne d'un bulldozer. Avec les meubles et les tableaux, vous en avez au moins pour une brique. Faites-moi un chèque du tiers, à titre d'avance.

Ils ont raqué. Je ne les ai pas raccompagnés. J'ai appelé ma secrétaire.

— Vous avez eu tort de ne pas suivre mes conseils, dis-je en lui baladant le chèque sous le nez. Ils avaient de quoi payer.

*

— D'Horville ? Clerc à l'appareil. J'ai un chèque à vous remettre. Je peux passer ?

— Je vous attends, monsieur Clerc. Qu'est-ce qui a pu vous faire changer d'avis aussi vite ?

— Je ne crois pas que vous puissiez comprendre.

Nicole pleurait sur sa machine. Dehors, le ciel continuait à se laisser aller. Guérard avait raison : il fallait que j'enterre Élise.

10

J'ai pris des vacances. Trois jours, bouclé le jour, zonant la nuit. Le soleil était revenu. Tant pis pour lui, je ne l'ai pas vu. Trois jours à me bourrer de scotch, de blues, de sandwiches, de bouquins et de T.V. vide. Trois nuits de bouffe arabe, d'herbe et de putes nouvelles. De vraies vacances, quoi ! Le téléphone débranché me foutait une paix royale. Avec le chèque que je lui avais donné, Nicole aurait pu se barrer à Valparaiso. Elle était à Miramas, chez sa mère.

Élise était enfouie dans le *no man's land* de ma mémoire. Elle surgissait de temps à autre. Des apparitions inversement proportionnelles au niveau de l'alcool dans la bouteille. Rien de bien grave. Rien qui ne puisse s'acheter chez l'épicier du coin. Somme toute, j'étais heureux. Plat comme une mer sans vagues. J'avais même débranché ma fenêtre.

Ils sont arrivés le matin du quatrième jour. Un gros et un maigre. Ils ont sonné. En ouvrant, je savais déjà que je n'aurais pas dû. Ils m'ont frappé tout de suite. Le gros ou le maigre, je ne sais plus.

Un coup de tuyau, en plein sur l'arête du nez. Le sang coulait sur ma chemise. Ils m'ont traîné à travers la pièce. Ils souriaient à travers mes larmes. Ils m'ont menotté au radiateur de mon bureau. Un jour sale se levait sur la mer. Pendant qu'ils me déshabillaient, je pensais à Élise. Jamais je ne m'étais senti aussi nu. Le sang glissait de mon nez, évitait ma bouche le long de la gouttière parallèle de mes moustaches, gouttait sur mon torse, s'immobilisait en croûtes précaires. Sous leurs manteaux trempés, ils étaient bien habillés. Le genre de costard trois-pièces finement rayé qu'affectionnent les malfrats. Ils m'ont matraqué, chacun leur tour, en commençant par les jambes. Une douleur aiguë dans la région du bas-ventre m'indiqua que je venais de me pisser dessus. Un ricanement confus salua cet exploit. J'aurais voulu m'évanouir. De peur, de douleur, de honte. Mes yeux grands ouverts suivaient la course régulière du tuyau. Le bruit du choc précédait légèrement l'onde de douleur, comme l'éclair le fracas du tonnerre quand enfant, les nuits d'orage, j'exorcisais ma peur en comptant à voix haute les intervalles.

L'orage avait fini par me rejoindre. Au mitan de ma vie. Et s'il avait pris la forme grotesque de deux comiques de cinéma, deux clowns bienveillants et burlesques, n'était-ce pas pour me signifier l'inanité de mes terreurs enfantines ? Dans la pièce voisine, mon père crevait doucement de cirrhose à trois francs le litre, ma mère traquait les angles sombres des rues sans éclairage. Elle offrait sa chair triste à de tristes soûlots qui ne connaîtraient jamais le prix de l'instant qu'ils payaient. L'orage s'abattait sur les murs lézardés des H.L.M. Inutile raclée sur le corps d'un cadavre. Mon père buvait sa mort. Le bruit du verre contre le verre me parvenait encore au travers du fracas de la foudre. Les yeux fermés, je guettais le visage nocturne de ma mère, retenant le sommeil à l'orée de mes paupières, quêtant désespérément le viatique de sa tendresse avant de m'ouvrir aux cauchemars.

L'orage se dissipa.

— Arrête ! Il est dans les pommes.

Mes yeux étaient restés ouverts. Mon nez ne saignait plus. Mon corps gisait sur le plancher. Miraculeusement désincarné, je flottais au-dessus du tableau.

— Pourquoi ?

Ma voix avait une drôle de voix. Claire, ferme. J'y décelais même un soupçon de curiosité impertinente qui me ravit.

Le gros avait l'air tout essoufflé.

— Il demande pourquoi. Le con.

Le maigre me cogna encore. Du bout du tuyau. Manifestement, le cœur n'y était plus.

— J'ai entendu, grogna-t-il.

Il me regardait. Les bras ballants le long de son torse, le gros en faisait autant. Ils avaient l'air étonnés, un peu admiratifs aussi.

— T'as quelque chose à boire ?

— Du whisky, dans le tiroir du haut.

Le maigre prit la bouteille, referma soigneusement le tiroir. Il porta le goulot à ses lèvres, me contempla à nouveau. Sans boire.

— T'en veux ?

— Après vous, dis-je en grimaçant un espoir de sourire.

— Le con, dit le gros.

— Ta gueule, dit le maigre.

Il s'agenouilla près de moi.

— T'es vraiment un drôle de dingue, sourit-il. Comment tu fais ?

— Méditation transcendantale, soufflai-je au bord du collapsus.

— Le con ! dit le gros.

— Ta gueule, dit le maigre.

L'alcool me retourna comme un gant. Mon corps m'apparut soudain dans tout son magnifique délabrement. Je dus m'évanouir. Au réveil, le maigre m'épongeait la figure avec la tendresse du manager pour le plus toquard de ses poulains.

— Pourquoi ?

— Aucune idée, mon pote. Juste un boulot comme un autre.

Ça, je pouvais le comprendre. Il m'a fait boire et je suis reparti à dame. Ils ont récupéré leurs menottes et m'ont porté sur mon plumard.

— Sans rancune ? m'a dit le maigre.

— Pourquoi ? C'était juste un boulot, non ?

Il m'a souri. Il avait l'air sincèrement désolé.

— Le con ! a dit le gros.

— Ta gueule ! a répondu le maigre.

Je n'ai pas entendu la porte se refermer.

*

Élise ne m'a pas quitté. Nue comme un rêve, elle baladait son sourire sur mes morceaux rompus, cheveux lâchés, empoissés de sueur lascive. Nos toisons soudées par une émotion commune, elle crochait dans ma chair comme moi dans la sienne. La houle était notre univers. Entre chaque étreinte, elle dansait dans les volutes d'un blues déjà trop vieux, et puis elle roulait en pleurant sur mon corps atrophié, m'appelait papa, implorait mon pardon, me jurait qu'avec l'argent de la maison nous irions au Brésil où elle connaissait un chirurgien nazi et qu'il me referait un corps. Tout neuf, beaucoup plus beau que l'ancien. Un corps d'androgyne. Dur comme un homme, ouvert comme une femme. Un corps qu'elle pourrait battre à nouveau. Et puis recommencer encore.

Mon cri me réveilla. Nicole était à mon chevet. Son sourire m'extirpa de la folie. Derrière elle, deux flics se dandinaient.

11

La réalité avait sa gueule des mauvais jours. Une pluie serrée hâchait la nuit. J'avais mal partout, même à des endroits dont je n'avais jamais soupçonné l'existence. La radio des flics jouait une saloperie wagnérienne, reprise deux ou trois octaves trop bas par le poulet-chauffeur. La ville dégoulinait des lumières de Noël. Comme si j'avais besoin de ça pour me sentir malheureux.

L'avenue Jean-Médecin traînait le long des carrosseries humides. Planqués sous des parapluies pressés, des goulots champenois émergeaient, menaçants, des cabats surchargés.

— La gerbe ! murmura un des deux flics.

— T'as raison, approuva le mélomane. Bosser un soir de réveillon, c'est dur.

— Lâche-moi avec ton réveillon. C'est cette putain de foire qui me fait gerber.

— C'est Noël, mon pote, rigola l'autre. Ça n'arrive qu'une fois par an. Pense à tes mômes.

— J'ai plus de mômes. Ils se sont tirés avec leur pétasse de mère chez un chauffeur de taxi qui en avait déjà trois. Paraît que même eux sont plus souvent à la maison qu'un flic.

— Et la femme du taxi ?

— Elle s'est trouvé un prof !

— T'as raison, mon pote, c'est vraiment la gerbe. Qu'est-ce que tu en penses, l'assureur ?

Il tourna vers moi sa gueule de brave type. Avec le sourire de Nicole, c'était la seule chose vivante que je rencontrais depuis mon réveil.

— Oh, moi tu sais, je passe tous mes Noëls en prison. C'est le seul endroit où le Père Noël ne vienne pas faire chier le monde.

Il se marrait encore en garant sa 4L devant l'hôtel de police. J'ai suivi les couloirs jusqu'au bureau de Bandry. Mon pote fumait une Camel en écoutant du rock en sourdine. Venant de l'insupportable vitrine extérieure, j'étais disposé à trouver l'austérité du lieu plutôt sympathique.

— Joyeux Noël, ai-je grincé en me laissant tomber sur le fauteuil du suspect.

Bandry me jeta un rapide coup d'œil.

— On dirait que tu as déjà reçu tes cadeaux. Tu as vu ta tête ?

— Pas eu le temps. Tes argousins m'ont cueilli à chaud.

— Y a des chiottes au fond du couloir. Tu y trouveras aussi un miroir et une serviette à peu près propre. Vas-y mollo avec le miroir.

Ç'aurait pu être pire : quatre jours de barbe sur le menton et les joues, des litres de scotch dans la pupille, trois nuits de défonce au fond des paupières et un coup de goumi sur le pif. Je ne m'attendais pas à rencontrer Valentino.

J'ai nettoyé le sang, sans produire de différence notoire. De toute façon, je ne serais pas arrivé à effacer ce que reflétaient mes yeux.

— Alors ?

— Si j'étais ma femme, je me laisserais tomber aussi sec.

— Qui t'a fait ça ?

— Un gros plutôt idiot et un maigre plutôt sympa. Ils avaient un contrat. Ça n'a pas d'importance. Je ne porte pas plainte.

Il laissa échapper un petit soupir triste.

— J'aurais eu du mal à la recevoir. Je te boucle, Phil. Tu veux téléphoner ?

— À qui ? Donne-moi plutôt un coup à boire.

Il sortit une bouteille de Famous Grouse. Maigre consolation : nous buvions depuis toujours le même scotch.

Pour un peu, je m'en serais voulu de le rendre aussi malheureux.

— T'as une inculpation ?

— Toute une gamme. D'entrave à la justice jusqu'au meurtre avec préméditation.

— Rien que du sérieux, souris-je. On commence quand ?

— Demain. J'aime autant que tu sois en forme.

— Et d'ici là ?

— Le dépôt. À moins que tu ne me jures que tu ne foutras pas le camp.

Je n'ai pas juré, bien qu'à la vérité, je n'avais aucune envie de foutre le camp. Où serais-je allé ? Le dépôt était un endroit qui en valait bien un autre pour passer la nuit de Noël. Et puis, il était à Nice. Ma ville-fleurs. Mon Alma Mater à moi. Job a-t-il jamais songé à quitter son fumier ?

Bandry m'avait laissé la bouteille de whisky. Je l'ai partagée avec un gamin crasseux qui venait de buter un pompiste pour les mille balles que contenait la caisse. Il avait des yeux d'ange et se mit à pleurer dès que son sang charria plus de globules que d'héro.

Il avait l'âge d'Élise.

12

Bandry ne bluffait pas. Son petit dossier s'était salement étoffé depuis le jour où il m'avait appris la mort d'Élise. Le genre d'étoffe susceptible de m'envoyer casser des cailloux jusqu'à la fin des figues. Élise avait un pote. Un jeunot de son monde à en juger par son nom. Philippe-Henri de Brissac. C'était peut-être lui que la mort d'Élise avait privé du délicieux moment de reddition, quand les hanches se tendent et que le dernier rempart de soie glisse avant d'aller se perdre dans le fouillis parfumé des draps déjà froissés. Le grand, le seul vrai instant de l'amour…

Après notre entrevue, Élise lui avait écrit et maintenant les flics avaient la lettre. J'y apparaissais plutôt à mon avantage. Un quadragénaire séduisant malgré une grossièreté bougonne qui faisait ce qu'elle pouvait pour masquer « une tendresse écorchée par la vie ». Un homme sûr en tout cas. Capable de se taire et de résister aux tentations du chantage. Tout à fait le genre de type à qui une jeune fille de bonne famille pouvait confier l'incendie d'une maison bourgeoise. Je n'ai pas ouvert la bouche. Même quand les flics découvrirent la liasse de mon coffre. Elle sentait le parfum… comme si l'odeur de l'argent constituait encore une preuve.

Un jeune juge barbu me notifia mon inculpation. Il n'avait pas de cravate. Le fait que j'en portais une sembla le conforter dans la certitude de la monstruosité de mon crime. J'étais un délinquant en col blanc. Une espèce que sa jeune conscience jacobine classait juste après les gonocoques et les militants du Front national. Je n'avais pas d'avocat. On m'en commit un d'office. Un gamin boutonneux tellement intimidé que je fus au trou avant qu'il n'ait retrouvé l'usage de la parole.

On me prit ma cravate, ma ceinture, mes lacets et ma montre. On me fourra aussi un doigt dans le cul, histoire de vérifier que je n'y avais pas caché une boîte à outils ou un Remington à pompe. Le jour, je déchiffrais les graffitis de ma cellule. La nuit, je leur inventais une suite romanesque dont la noirceur réconfortante peuplait le silence de ce tombeau de béton. Personne ne vint me voir. Mes codétenus m'évitaient. Le temps glissait, gris, dans le rectangle barreaudé de ma nouvelle fenêtre. Le juge me convoqua plusieurs fois. Je n'avais rien à lui dire. Rien qui pût entamer le bloc de son aversion. Je profitais de ces voyages pour happer des bribes de ville au travers des grilles du fourgon. Tissus anecdotiques et disparates dont je tendais ensuite les murs crevés de ma cellule. Je m'habituais. La nouvelle année me surprit au cœur du sommeil. Toute neuve. Enfin débarrassée de ses convulsions festives. Je parvins à me procurer les œuvres complètes de Shakespeare. Je m'en octroyais tous les rôles, restituant à voix haute le fracas des passions, le tumulte des batailles. La nuit, Othello écumant, j'étranglais Élise dont Brissac venait de ramasser le mouchoir…

Je m'enfonçais dans cet oubli bétonné, suçotant chaque instant comme un présent éternel, une absence infinie de profondeur.

Un matin, on me mit dehors. Sans explications.

Dehors, d'Arcy m'attendait dans une Mercedes trop grande pour lui.

— Si vous voulez des honoraires, autant m'y remettre tout de suite, dis-je en m'installant sur le cuir patiné. Vous êtes beaucoup trop cher pour moi.

Le petit avocat grimaça un sourire de gnome.

— J'ai déjà été payé. Prenez ça, c'est à vous.

Il me lança une liasse. À l'attache de la banque, je reconnus l'argent d'Élise.

— Comment avez-vous fait ?

— Fait quoi ? Le dossier de l'accusation est squelettique. Il suffisait de demander votre libération pour l'obtenir.

— Pourquoi ne l'avoir pas demandée plus tôt ?

— Je l'ai fait aussitôt qu'on m'a payé pour le faire. Vous voulez passer chez vous avant ?

— Avant quoi ?

La Mercedes glissait le long du boulevard Jean-Jaurès. Un soleil frileux émergeait des brumes du matin. Devant le lycée Masséna, une bande de gamins échangeaient des cassettes. Il y a plus de vingt ans, sur ce même trottoir, Bandry, Masséna et moi commentions nos premiers enthousiasmes musicaux.

— Avant de rencontrer votre bienfaiteur, dit-il mystérieux.

Je lui souris. Autour de moi, la ville ronronnait. J'étais sorti.

— C'est la charité qui se veut bienfaisante, pas l'amitié. Masséna le sait, lui.

Il ne devait pas être habitué à louper ses effets. Une ombre de désappointement passa sur son visage de rat musqué.

— Vous pensez vite. Comment avez-vous deviné ?

Les gamins disparurent dans les profondeurs du lycée. Je pouvais entendre la cloche, derrière l'épaisseur des murs.

— Pure question d'alchimie. Un ami m'enferme, un autre me libère. Laissez-moi là, j'ai besoin de macadam.

J'ai marché jusqu'à la mer. Juste pour m'assurer de sa présence. Le long de la Promenade, des vieillards emmitouflés offraient leurs carcasses aux rayons d'un soleil hésitant. Combien d'années me séparaient encore de ces petits pas frileusement arpentés face au spectacle de l'éternité.

Dans la chaleur d'un rade désert, j'ai retrouvé le goût du café. Un rock acide s'échappait d'une radio posée sur le comptoir. Le loufiat se trémoussait en passant la serpillière. Je me suis demandé si son monde avait la même gueule que le mien.

13

Pour ce qui est de mes affaires, j'aurais bien pu rester trois mois de plus en tôle sans qu'elles en fussent le moins du monde affectées. Nicole avait édifié autour de mon absence un tel rempart de mensonges qu'aucun de mes clients n'aurait pu penser que son conseil favori se tapait des litres de bromure en effeuillant les barreaux de sa cage.

Je me suis assis à mon bureau. Pendant une heure j'ai tripoté du papier sans autre résultat notable que de foutre le bordel dans des dossiers parfaitement en ordre avant mon arrivée. Quand elle eut jugé que j'avais suffisamment réintégré mes prérogatives patronales, Nicole se pointa, une cafetière à la main.

— Je vous ai fait du café. J'ai pensé que vous en aviez manqué là-bas.

— De ça et d'autre chose…

Elle m'a regardé sans cesser de sourire. Je me suis senti aussi idiot qu'un collégien comprenant soudain que la provocation n'était jamais qu'un ersatz de communication.

— Pardonnez-moi, Nicole. Je voulais simplement vous dire merci.

— J'avais compris, monsieur Clerc.

Elle était toute rose. Sa poitrine battait sous son corsage verrouillé.

— Monsieur Bandry vient d'appeler. Je lui ai dit que vous n'étiez pas encore rentré. Il demande que vous le rappeliez.

Déjà. Il ne perdait pas de temps, le rouquin.

— Merci, Nicole. Rien d'autre ?

— Si, un M. Jardinier a appelé plusieurs fois. Il a laissé son numéro. Mlle Charo aussi. C'est la seule à qui j'ai dit la vérité.

Je lui ai souri. Un sourire qui venait du ventre. Le seul vrai qui me soit venu aux lèvres depuis bien longtemps.

— Vous avez bien fait.

— Je sais, dit-elle.

Je l'ai regardée sortir.

J'ai appelé Bandry sur la ligne directe.

— Bonne année, flicard.

— Tu retardes un peu, Phil. Mais c'est toujours bon à prendre.

— Désolé. J'ai été un peu pris, ces derniers temps.

— Ça arrive… Ça s'est bien passé ?

— Plutôt calme, et toi ?

Dans le silence qui suivit, je l'imaginai allumant sa Camel, les doigts pianotant un riff des Stones sur le mauvais placage de son bureau.

— Tu te souviens du gros idiot et du maigre plutôt sympa ?

— Vaguement, pourquoi ?

— Rien d'important. Je me suis simplement souvenu de leurs noms.

— Dis toujours.

Son petit rire me ramena des années en arrière.

— Tu ne t'en sortiras pas tout seul, Phil.

— Qui te dit que je suis tout seul ?

— Qui te dit que Masséna est à tes côtés ?

Ce fut à mon tour de rire.

— Dommage que tu sois un flic, tu aurais fait un dealer de première. Suppose que je veuille tout laisser tomber.

— Supposons carrément que tu veuilles mourir.

J'ai marché jusqu'à ma fenêtre. Rien d'autre que le calme de la mer, les vieillards trottinant au large de son immensité. La mort et l'infini se croisant sans se voir.

— Tu me crois coupable ?

— Les innocents sont toujours plus vulnérables que les coupables. Sauf quand ils sont en prison.

— Qu'est-ce que tu veux ?

— Comme d'habitude. Ce que tu as contre ce que j'ai.

— Laisse-moi réfléchir.

J'ai raccroché. Nicole m'appela sur l'interphone.

— M. Jardinier sur l'autre ligne.

— Dites que je ne suis pas là.

— M. Masséna a également appelé. Il insiste.

— Dites-lui qu'il n'est pas nécessaire d'obtenir pour persévérer. Dites-lui ce que vous voulez mais faites le barrage. J'ai besoin de temps.

De temps ? Et quoi d'autre encore ? D'un petit coup de lumière sur mes neurones embrumés. D'un petit coup de noir sur l'image scintillante d'Élise ? D'un vieux coup de colère sur mon âme harassée ? Du temps ? Pour quoi faire ?

Élise, Élise, pourquoi m'as-tu abandonné ?

J'ai appelé Charo.

— C'est Phil. J'ai besoin de toi.

— De moi ou de ma piaule ?

Ce qu'il y a de bien chez les putes, c'est leur inébranlable foi en la nature humaine.

— Je peux venir ?

— Bien sûr.

*

— La merde, c'est qu'ils pensent tous que j'ai quelque chose à échanger. Quelque chose que j'aurais et qu'ils voudraient bien avoir.

La pièce sentait l'amour et la fumée. La rage aussi. Celle que j'avais mise à aimer Charo.

— Et tu n'as rien ?

— Rien de ce qu'ils veulent. Une image tenace. Un souvenir en creux. Les contours flous d'un chagrin auquel je n'ai pas droit.

— Tu parles bien quand tu es amoureux.

Je l'ai regardée. Le soir mettait des ombres aux courbes de son corps. Je l'ai caressé.

— Pas de ça, Charo. Ne gâche rien. Nous n'existons ensemble que parce que nous ne souffrons pas ensemble. Restons précaires. Tu comprends ?

Elle fourra son nez sous mon aisselle. Le silence nous servit de pudeur.

— Et si tu leur donnais quelque chose, dit-elle, longtemps après.

— Quoi ?

— Je ne sais pas, moi. N'importe quoi. Tu dis qu'ils s'attendent tous à ce qu'Élise t'ait confié un secret. Inventes-en un. Ils seront contents.

— Une fausse piste ?

— Peut-être. En tout cas, un faux secret.

Un faux secret pour masquer celui que j'ignorais. Un mensonge pour habiller un mystère. Il fallait être plus femme que nature pour inventer un truc pareil. Son visage exprimait tout le sérieux du monde. J'ai frotté ma joue contre ses lèvres.

— Suppose qu'il devienne vrai, dis-je doucement dans la chaleur nacrée de son oreille.

— Il le sera sûrement pour nous. Souviens-toi : la vérité n'intéresse que les imbéciles.

— Alors, mens. Personne n'en est plus digne que toi.

Elle écarta ma main.

— Le temps passe, Phil. La nuit, je suis à vendre. Tu te souviens ?

Je l'ai lâchée, en souriant. Sa chaleur flânait encore sur mes paumes.

— Dis-moi au moins le secret.

Encore un peu de silence. Nous n'avions pas allumé. Le bout de sa cigarette éclairait son visage grave.

— Il faut qu'il soit beau, réfléchit-elle. Beau et

fou comme le souvenir que tu as d'elle… Le secret d'Élise d'Horville… Le sacrifice d'une jeune fille noble et pure… Comme au cinéma du patronage.

« Le secret d'Élise d'Horville. » Élise en robe blanche, glissant dans les couloirs de la grande maison rose, sous le regard figé d'inquiétants ancêtres. La faible lueur du chandelier d'argent comme un globe incertain sur ses cheveux lâchés. Elle se consume plus qu'elle ne brûle. Debout, longtemps, comme une torche vive, prise de l'intérieur.

— J'ai trouvé, cria Charo. Le secret était dans la maison. Un horrible secret de la famille. Il fallait que la maison brûle pour que le secret disparaisse.

— Pourquoi n'a-t-elle pas brûlé le secret sans la maison ?

— Parce qu'elle ne savait pas où il était, malin.

— Qui l'a tuée, alors ?

Ses doigts glissaient sur ma joue.

— Réveille-toi, Phil, sourit-elle. C'est juste un bobard. Souviens-toi. Une histoire pour qu'ils te foutent la paix. Juste une information à échanger contre une autre.

Je l'ai regardée s'habiller. Du noir. Du cuir. Du court sur les cuisses, du long sur les jambes. Son corps s'évanouissait peu à peu sous d'impudiques oripeaux. Une autre Charo.

— J'ai envie de toi, dis-je.

Elle me sourit.

— Cent balles la pipe, deux cents l'amour, en voiture.

14

La nuit collait aux vitres. Une nuit froide, furtive, lourde de possibles violences.

— Une vraie nuit de flic, dis-je.

Bandry me sourit. Il conduisait lentement. Engoncé dans son cuir noir, une Camel bleutée vissée sous la moustache, il paraissait dix ans de moins.

— Normal. Vue d'une bagnole de flic, la nuit n'a plus la même gueule. Ça fait dix ans que ça dure, et je n'arrive pas à m'en lasser.

— Tu te paies souvent ce genre de petite balade ?

— De temps en temps. Pas assez souvent à mon goût. Le vrai métier d'un flic c'est la rue, pas la paperasse. Alors quand j'ai le temps, je tourne un peu. Histoire de garder le contact.

— Vicelard !

— Un peu, ouais.

Je l'avais piqué à la sortie de son bureau. Juste le temps de lui servir notre petit bobard devant une assiette de socca et un verre de marsala dense comme une portion de boudin. Pas un mot. Juste un éclair sceptique dans son œil bleu de rouquin.

— Ça te dit, une ronde de nuit ?

Il était dans la voiture avant que j'aie pu répondre.

La rue défilait, double rempart de béton crevé de lumière. Même banalisée à mort, une bagnole de flic, ça pue le flic. Les silhouettes nocturnes ne s'y trompaient pas qui vacillaient dans notre sillage comme conscientes d'une commune et inexpugnable culpabilité.

— Dieu le Père visitant Babylone, ai-je murmuré.

— C'est un peu ça. Sauf que Dieu n'est plus éternel.

Place Masséna. Rectangle désert gavé de lumière jaune. Les panneaux grotesques du carnaval collés à même la nuit. La fête figée quêtant le baiser du prince. Autour de la fontaine, une bande de loubs, juchée sur d'étiques coursiers, caracolait autour de trois punks verdâtres. Nos phares les épinglent. Mêmes visages blafards sous les bananes et les crêtes. Même peur sauvage aux clous des blousons, aux trous des vareuses. Ils nous reconnaissent, brament les mêmes imprécations. Leurs visages défilent. Beaux comme un film. Beaux comme le siècle. Beaux comme la vie. Après notre passage, ils s'ouvriront le crâne au nom de la pureté rock'n rollienne.

— Qu'est-ce que tu fous là-dedans, Phil ? Ça pue. D'une puanteur que toi et moi connaissons bien.

— La ville, dis-je. Je sais. Je l'ai su dès qu'elle a ouvert la porte. Qu'est-ce que ça peut foutre ? Si j'ai encore un nez, il est déjà dans la merde.

— Alors pourquoi t'obstines-tu à mentir ?

— Depuis le début, tout le monde ment. Élise, ses frères et toi pour finir. À qui veux-tu que je dise la vérité ? Au moins menteur de tous ? Toi, par exemple ?

— Pourquoi pas au moins dangereux de tous ?

La voiture tournait dans Garibaldi. Ronde et jaune, comme un soleil. La plus belle place de Nice. Sous la ciselure des arcades à l'italienne, les clodos pourchassaient de somptueux rêves de biture.

J'ai haussé les épaules.

— Brissac avait raison. Elle voulait que je brûle sa maison. Pour toucher l'assurance. Comme n'importe qui.

— Tu l'as crue ?

— Je ne me suis même pas posé la question. C'était non de toute façon. Maintenant, je sais qu'elle mentait.

— Pourquoi ?

— Elle n'avait pas besoin d'argent et ses frères se foutaient pas mal de la maison familiale. Je crois même que c'est elle qui ne voulait pas la vendre.

— C'est le vieux qui t'a dit tout ça ?

— Oui.

— Qu'est-ce qu'il en sait ?

— Pourquoi veux-tu qu'il mente ? Et puis, il gardait déjà la maison quand Élise était toute petite.

Plutôt minable comme argument. Bandry ne releva pas.

— Elle s'appelait Élise. Maintenant, ce n'est plus qu'une d'Horville. Et tant que tu seras dans le paysage, tu as intérêt à ne pas l'oublier.

— J'ai le dos large.

— Justement. Pas besoin de savoir viser.

Marrant, le rouquin. Au bahut, il pétrifiait son monde à coups de répliques glacées. Je me suis demandé s'il avait toujours sa gratte. Une Telecaster un peu pourrie. Le désespoir de sa vie. Nous, ça nous plaisait bien quand il prenait le riff de *Honky Tonk Woman*. Lui, il flippait comme un malade. « De la merde, j'y arriverai jamais ! » Et il balançait la guitare sur son pieu en faisant bien gaffe à ce qu'elle ne se fasse pas mal. Flic par dépit de ne pas être rock-star. Devait pas y en avoir beaucoup dans son cas, chez les bourres…

La République jusqu'au palais des Expos. La ville qui devient banlieue. Des immeubles crados le long du fleuve sans eau. À gauche, de l'autre côté, la masse sombre de la prison.

— Parle-moi d'eux.

— Les d'Horville ? Pas grand-chose que tu ne saches déjà. La bande du maire. Du pognon plein la ville. Des relations plein les fouilles. Des voyous, mais façon King Size. You see what I mean ?

New York… Nous y étions allés, lui, Masséna et moi. Juste après 68. Vingt ans et pas un rond en poche. Une piaule pourrie dans un Y.M.C.A. Le mythe à portée de main et trois mômes collés à la vitrine. Mais suffisamment de private jocks pour alimenter nos trois vies.

— Jacques fait des affaires avec eux, dis-je.

— Jacques fait des affaires avec tout le monde. Ça ne veut pas dire grand-chose.

— Tu l'aimes toujours. Comment te débrouilles-tu ?

— Je me pose même pas la question. C'est mon pote. Comme toi.

— Jusqu'où ?

— Jusqu'au bout.

Nous glissions vers la Trinité. La zone. Celle d'où je sortais. La brume, le froid sur les usines. La lumière jaunasse tombant des grands pylônes et qui s'arrêtait à mi-chemin, comme soucieuse de ne pas révéler la crasse du sol. Les rades froids. Des rades à cuites. Deux heures de néant entre l'usine et le pieu.

— Tu te souviens ?

Un peu que je me souvenais. Les diffs de tracts dans le froid ou la fournaise. Les prolos harassés, indifférents, et pour finir les cognes honteuses avec les permanents C.G.T.

— Ton histoire de secret de famille, c'est du bidon.

— Bien sûr !

— Pourquoi ?

— Tu voulais un échange. J'ai inventé ma part.

— Tu es dans le bain, Phil. Ça me rend malade mais c'est comme ça. Ils ne te lâcheront pas.

— Les d'Horville ?

— Eux et les autres. Juste un nom pour la ville.

La ville. Ce pont en faisait-il partie ? Un entrelacs de ferraille rouillée entre l'usine et ses dortoirs. Stage et backstage.

Bandry avait raison. Cette puanteur, je la connaissais bien. Nous roulions devant les H.L.M. de l'Ariane. Amas de lézardes et de gravats conçus pour ne pas durer et qui continuaient à vomir leurs lots de prolos résignés, de loubards aiguisés. Des ombres rôdaient aux angles des murs. Sans peur. Ils étaient la peur et nous les étrangers.

— Pourquoi m'as-tu emmené ici ?

— C'est de là que tu viens, non ?

Plus loin, vers le sud, le paysage s'humanisait. Jusqu'au luxe ruisselant du front de mer. J'y avais trimbalé mon barda. Tout mon barda. Crevasses comprises.

— Tu me couvriras, flicard !

— Autant que je le pourrai.

— Tu as une idée ?

— Aucune qui vaille ton histoire de secret. Tiens-toi-z-y.

— Qui m'a bastonné ?

— Deux free-lance. On les appelle Stan et Ollie. Ils fréquentent un rade de Jean-Médecin. Le Saint-Ram's.

— Je connais. Et Brissac ?

— Il vit chez ses parents. Au Régina, à Cimiez. Vas-y mollo. C'est qu'un môme.

— Élise aussi. Ça n'a rien empêché.

Il m'a laissé à Foch, devant l'hôtel de police. Un banc de nuages coupait la ville en deux. J'ai roulé vers la pluie.

La piaule sentait encore Charo.

J'ai bu jusqu'à l'âme, en l'attendant.

15

Quand j'étais môme, j'aurais donné ma bécane et toute ma collec d'*Artima* pour habiter au Régina. Venant de la déglingue des quartiers nord, cette énorme pâtisserie de stuc symbolisait pour moi tous les trésors sensuels de la vie des nantis. Plus tard, je la couvris de badigeons rageurs. C'était l'époque où je rêvais d'habiter un bidonville. Avec mes frères de classe. Maintenant, je me contentais de le trouver beau, ce gros machin pansu, plein de fenêtres et de balcons, étalé au milieu du boulevard de Cimiez et qui faisait la nique aux petits hôtels particuliers rassemblés sous son ombre comme des poussins autour d'une poule.

Le hall, à peine moins grand que la galerie des Glaces, était désert si l'on excepte une nymphe à poil qui faisait de son mieux pour vider une vasque déjà sèche depuis la fin des mythes. J'ai fini par dégoter la loge du concierge et son occupant, un Espingouin mal rasé qui prit, pour me renseigner, des airs d'hidalgo s'adressant à une crotte de chien. Il avait raison de se méfier des pauvres. Il l'était certainement plus que moi. L'ascenseur n'était pas pressé. Ça devait être voulu, car on y avait disposé deux petits bancs garnis d'une tapisserie usée jusqu'à la trame par des générations de fessiers. On y avait mis un miroir aussi. Pas moyen de l'éviter, il faisait le tour de la cabine. Réflexion faite, je n'étais pas beaucoup plus frais que l'Espingouin-janissaire. Charo n'avait pas de rasoir et je portais les mêmes sapes qu'en tôle. La trace du coup de matraque s'étalait en travers de mon visage comme un arc-en-ciel sur une lande volcanique. Parfait. Je n'avais finalement que la gueule de mon humeur.

La plaque disait : « Henri de Brissac — Ingénieur Dip. » Dip. de quoi ? Mystère. J'ai sonné quand même. Un ding-dong moelleux résonna longtemps, jusqu'à l'office où il sortit de ses rêves une brunette dodue en panoplie de bonniche. J'avais déjà mon pied dans l'embrasure, mais elle ne referma pas la porte. Elle me sourit, la tête légèrement penchée sur le côté en position d'attente.

— Est-ce que Philippe-Henri est là ? m'enquis-je.

« Philippe-Henri ». Il fallait prononcer ce blaze pour se rendre compte à quel point il était tarte.

— Il est sorti. Pour la journée.

Son sourire avait des accents de soleil. Elle maintenait la porte grande ouverte comme si la seule idée de crainte lui était étrangère.

— Où puis-je le trouver ?

— Entrez. Je vais prévenir madame.

Je suis entré. Elle marchait comme seules savent le faire les femmes. Les hanches bien droites et, juste en dessous, le petit solo des fesses.

J'ai attendu dans un hall en demi-cercle. Une série de portes vitrées masquées de lourds rideaux garnissait la partie incurvée. Les murs, tendus de soie tilleul, s'ornaient de gouaches et de pastels. Je ne connaissais pas grand-chose en tapis mais j'en avais payé assez pour savoir que je posais mes pieds sur un respectable paquet de blé. Je me suis assis sur un petit canapé en trèfle, tendu de velours abricot. Après tout, peut-être que « Dip. » voulait dire « plein aux as ».

— Monsieur ?

La voix me parvint en même temps qu'un frémissement et une bouffée de parfum. Je me suis levé. Elle était belle. Comme les femmes qui ont du temps à consacrer à leur beauté, mais avec ce petit quelque chose en plus qui laisse entendre qu'elle aurait aussi bien pu se consacrer à l'élevage des escargots sans que le résultat en soit altéré. Une beauté sans âge que chaque ride ciselait un peu plus. Une cascade complexe de soie lâche drapait son corps sans s'y attarder, sans en laisser rien ignorer.

— Je m'appelle Philippe Clerc, madame. J'aimerais rencontrer votre fils.

— Philippe-Henri… Il n'est pas là.

— C'est ce qu'on m'a dit. Savez-vous où je peux le trouver ?

Ses mains battirent faiblement l'air. Un mouvement d'oiseaux captifs. Élise avait eu le même.

— Asseyez-vous, monsieur. Aimeriez-vous prendre du café ?

Elle s'installa en face de moi, à côté de moi, ce qui dans un trèfle revient strictement au même. Nous avions l'air d'un couple adultère dans une pièce de Feydeau.

— Pardonnez mon indiscrétion, monsieur Clerc. Mais n'êtes-vous pas le Philippe Clerc de, comment dire… enfin de l'affaire d'Horville ?

— Lui-même.

Elle se raidit. M'examina rapidement comme si elle se rendait soudain compte de mon aspect miteux, du danger qu'elle courait à papoter là, chez elle, face à un assassin.

— Que voulez-vous à mon fils ?

La voix venait du fond des tripes. Un feulement sourd débarrassé des langueurs mondaines. J'avais envie de l'embrasser. Je me suis contenté de lui sourire.

— Seulement lui parler.

— De quoi ?

— D'après vous ?

— D'Élise d'Horville, bien sûr, soupira-t-elle.

Le café était parfait. Sans doute comme tout ce qui se faisait dans cette maison. Je le bus sans la quitter des yeux. Elle soutint mon regard. Ses mains continuaient à voleter sur ses cuisses.

— Votre fils ne m'a rien fait, madame. Du moins, rien que je ne puisse comprendre. Vous pouvez rentrer vos griffes. Je n'ai pas tué Élise. Je pense que j'épargnerai aussi votre fils.

— Il est si jeune, si… On a dû vous dire qu'il jouait du rock.

Au son de sa voix, j'ai cru comprendre que, chez les Brissac, on était plus porté sur Chopin que sur Johnny Thunder.

— Je l'ignorais. Rassurez-vous, ça se fait beaucoup en ce moment. Il paraît même que certains parviennent à en tirer quelque argent.

Son sourire me fit autant d'effet que son café.

— Ne dites pas ça à son père. Il serait capable de vous flanquer par la fenêtre.

— Je ne le lui dirai pas, promis-je. Je ne voudrais pas qu'il se fasse mal.

Son sourire aussi venait du ventre. Le machin de soie se mit à glisser dans tous les sens. Je me suis forcé à regarder le tapis.

— Vous êtes un homme étrange, monsieur Clerc. Je crois que mon fils n'a rien à craindre de vous.

J'aurais aimé en être aussi sûr qu'elle.

— Comment a-t-il connu Élise ?

— Ici. Sa mère et moi étions très amies. Ils ont… Je veux dire, ils avaient le même âge. Je l'aimais comme ma fille, surtout depuis la mort de Madeleine.

Madeleine. La mère d'Élise. La seule d'Horville dont je ne savais rien. La seule dont personne ne m'ait jamais parlé.

— J'aimerais que vous me parliez d'elle. Personne ne l'a fait avant vous.

— Madeleine ? Ça ne m'étonne guère. Dans nos familles, les femmes cessent d'exister dès l'instant où elles perdent leur nom. Madeleine n'a pas échappé à la règle. Jusqu'à sa mort, elle n'a plus été que la femme de Bertrand d'Horville. Le grand Bertrand d'Horville.

— Et pourtant…

— Et pourtant…, sourit-elle. Si vous essayez de me faire dire que, comme beaucoup de grands hommes, Bertrand d'Horville n'aurait rien été sans sa femme, vous faites fausse route, monsieur Clerc. Bertrand n'a pas gagné grand-chose à cette association, mais Madeleine y a tout perdu. Bertrand n'a jamais été qu'un homme d'affaires habile. Du jour où elle l'a rencontré, Madeleine a cessé d'être le grand architecte qu'elle était en puissance. Encore un peu de café ?

Elle me servit sans attendre la réponse. Chacun de ses gestes était une ondée de grâce.

— Elle a réussi le concours des Beaux-Arts à l'époque où savoir compter était pour une femme du monde un handicap plus lourd qu'une jambe de bois. Vous imaginez ça, monsieur Clerc.

— À peine. Je n'ai jamais été bien féru en femmes du monde. Mais continuez quand même.

Elle me gratifia d'un long sourire appuyé. Si elle était une femme du monde, ce que je lus dans ses yeux n'était pas fondamentalement différent de ce que je connaissais des autres femmes.

— Pendant cinq ans, ses projets ont fait l'admiration de toute l'école. Une grosse agence américaine voulait l'embaucher avant même qu'elle ait obtenu son diplôme. Et puis d'Horville est arrivé. Il fut un fiancé exemplaire. Tendre, admiratif, libéral jusqu'au mariage. Là, il resserra la chaîne. Elle dut le suivre.

— Je comprends.

Je ne l'aurais pas crue capable d'un ricanement. Les lèvres tordues en une moue amère, elle réussit à paraître vulgaire.

— Vous ne comprenez rien, monsieur Clerc. Vous êtes un homme. Vous vous déplacez dans le monde qui a été conçu pour vous. Vous ne savez rien de la pression sociale qui s'exerce sur celles que, dans le meilleur des cas, vous appelez vos compagnes. Madeleine n'avait pas la force de résister. Le droit lui-même était contre elle. C'était il y a trente ans, monsieur Clerc. Nous étions seules. Madeleine n'avait aucune chance.

— Et vous ?

Un rire bref. Un petit silence et de nouveau les mains qui s'envolent, qui dispersent le temps.

— Vous êtes malin, mais c'est une autre histoire. Madeleine avait suffisamment de force pour jouir de sa défaite. Elle suivit d'Horville en prenant soin d'éteindre tout ce qui avait fait naître son admiration. Elle fut l'épouse qu'il désirait avoir mais plus jamais la femme qu'il avait cru aimer. Il voulait des garçons. Elle lui en fit deux. À son image à lui. Elle les a élevés, sans leur révéler la moindre parcelle de sa vraie personnalité.

— Maudits jusqu'à la deuxième génération, murmurai-je. Et puis Élise est arrivée.

— Tard, beaucoup trop tard. Elle avait vécu dans la hantise d'avoir une fille. Par crainte de ne pouvoir maintenir ses barrières. Par crainte de la voir suivre le même chemin qu'elle. La naissance d'Élise la bouleversa. Pour elle, elle aurait voulu changer. Mais il ne lui restait rien. Elle était vide, sèche. Une bogue craquelée hantée par le souvenir d'un embryon de vie perdue. Élise grandit dans l'admiration de son père sous les yeux morts de Madeleine. Vous êtes content, monsieur Clerc ? Personne n'aurait pû vous en dire plus sur Madeleine d'Horville. Personne ne s'y est jamais intéressé. Que moi.

Étrange, cette affirmation finale. Ce rempart maladroit posé comme un défi, comme pour s'approprier l'intégralité de la douleur, en clore le secret.

— Que vous ? répétai-je.

— Que moi, confirma-t-elle sans baisser son regard.

— Pourquoi m'avez-vous raconté tout cela, madame ?

— Je ne sais pas. Peut-être parce qu'Élise est morte de ce que je n'ai pas osé lui dire. Peut-être, tout simplement, parce que vous me l'avez demandé et que personne ne l'avait fait auparavant.

— Vous ne m'avez posé aucune question.

— C'est vrai. Je n'en trouve aucune. Oh, si ! Que vous est-il arrivé ? dit-elle en désignant mon nez.

— Rien, souris-je. Un simple coup de fil. Où puis-je trouver votre fils ?

— Il joue ce soir dans une boîte. Le Pub Saint-Laurent. Sur le port de Saint-Laurent-du-Var. Son groupe s'appelle les Aristos.

Je m'abstins de lui dire qu'avec un nom pareil il ferait mieux d'éviter les parages de la zone s'il ne voulait pas claquer d'une overdose de canettes.

Elle m'a raccompagné jusqu'à la porte. Je pris la main qu'elle me tendait.

— Vous êtes très belle, madame.

— J'ai soixante ans, monsieur Clerc. Jamais personne ne me l'a dit comme vous venez de le faire.

L'Espingouin lavait ses carreaux. Il fit comme s'il ne m'avait pas vu.

16

Deux tons de gris sur la ville partagée. Éric Clapton sur la radio du bord et la longue glissade vers la mer, le long du boulevard bordé de luxe. La fin d'une matinée douce, intelligente. Le soleil qu'on sent venir. À l'unisson de la ville qui s'étire déjà. Mes doigts sur le vieux volant de bois, je fredonnais les paroles de *Lovesick Blues*. Je ne savais même pas son prénom. Sans doute était-il le reflet indéfinissable de son charme, de sa tendresse un peu passive, endormie qu'elle était par des années de bonheur autoritaire. Elle avait annoncé sa soixantaine comme une barrière posée contre la peur de nos désirs, une invite unique à la crainte et à sa transgression.

Les femmes n'ont pas d'autre âge que celui que nos frayeurs leur donnent.

Était-ce ma fatuité qui me poussait à croire qu'Élise et Mme de Brissac n'avaient pas cherché à me dire autre chose ?

J'ai déjeuné d'un sandwich au Saint-Ram's. La salle était pleine de cadres pressés, de marlous désœuvrés, insomniaques sans doute pour exhiber aussi tôt leurs tronches de belettes nocturnes, de femmes adultères, inquiètes, chuchotantes, qui couvraient de baisers furtifs de mâles et glabres maxillaires. Mes duettistes n'étaient pas là. La voix de Julio Iglésias fixait le temps dans la guimauve.

Je suis descendu jusqu'à la mer. Rien d'autre que l'image d'Élise qui se précisait au fil de nos rencontres. En négatif, comme si son histoire était celle de ses manques. Un vernis de bonheur parfait avec, en dessous, le monde qui dérape sur une étendue immense de parquets cirés, de meubles hantés, de rideaux immobiles, de fenêtres liquides. Une réalité piégée dans les yeux d'une mère morte d'avoir tué l'amour. Le dernier phare qui s'éteint contre les falaises d'une jungle inconnue, et le vide…

Dans sa guérite, boudiné par sa vareuse, l'œil pinardié sous la visière, le concierge me demanda qui je souhaitais voir.

— Charles Guérard.

Il laissa dégouliner son regard sur mon uniforme de pékin, doutant visiblement qu'une aussi minable apparition puisse connaître un seul journaliste du canard le plus moderne d'Europe.

— Vous le connaissez ?

— Vous savez tenir un secret ?

— J'ai compris, dit-il d'un air entendu. Vous pouvez passer.

Un peu perplexe, j'ai garé ma bagnole, en me demandant ce qu'il avait bien pu comprendre.

J'ai traversé le hall, vers la tache bleue de l'hôtesse. Elle avait dû apprendre son métier dans un cours de grimaces par correspondance. Quoique mieux roulée que le concierge, elle arborait le même air de connerie compassée. À croire que c'était fourni avec l'uniforme. Elle saisit le téléphone du bout de ses doigts laqués, comme si le seul fait de m'annoncer allait empéguer les lignes.

— Quatrième étage. Annoncez-vous à l'hôtesse.

L'ascenseur était plein de moquette. Un haut-parleur diffusait un bouillon gras de synthétiseurs et de râles aseptisés. J'ai tourné le dos à la glace. Je savais déjà ce qu'elle avait à me dire.

Un quart d'heure d'errance plus tard, j'ai fini par dégoter Guérard. Lui non plus n'avait pas l'air ravi de me voir.

— D'où sors-tu ? dit-il en matant ma mise.

— D'une nouvelle de Kafka. Le plaisir en moins.

Ça ne le fit pas sourire. D'habitude, il était moins difficile.

— Sois content qu'on t'ait laissé monter. On dirait que tu as passé tes vacances à la décharge publique.

J'ai viré les journaux qui encombraient le siège réservé aux visiteurs et me suis assis, face au mur de sa tronche.

— Jusqu'à hier matin, j'étais en tôle. Le reste est plutôt personnel. Ça te va ?

— Je t'avais dit de te tirer des pattes…

— Je l'ai fait. C'est les pattes qui n'ont pas voulu se tirer.

Son regard se balada dans toutes les pièces, comme à la recherche d'un endroit qui puisse lui faire oublier ma présence. J'ai attendu, le cul posé sur ma chaise, que le silence se dénoue.

— Qu'est-ce que tu veux, Phil ?

— Suppose que je sache quelque chose, un truc que m'aurait dit Élise juste avant de mourir…

En dépit de sa frime de milord, il n'aurait pas fait long feu autour d'une table de poker.

— … Une manière de secret, si tu préfères. Les fonds de placard d'une famille que l'on a pris l'habitude de respecter parce qu'elle était grande et que, contrairement à ce qu'on croit, le vertige vient du haut et non du bas.

— La chute de la maison d'Horville… Le trésor de Bertrand le Rouge. Pourquoi pas les mystères de Nice ?

— Pourquoi pas ?

Guérard réfléchissait.

— Elle t'a dit quelque chose ?

— D'après toi ?

— Tu en as parlé à quelqu'un d'autre ?

— Personne pour l'instant et je n'y tiens pas. Du moins tant que je pourrai faire autrement.

Silence. Attente. La rumeur des bureaux voisins. Le grignotement du temps balisé par le quartz.

— J'ai bien une idée.

— Dis toujours.

Les mains qui s'appuient sur l'air, qui retiennent la chute avant de se protéger de ses conséquences.

— Ce truc sent vraiment le pourri, Phil. Tu ferais mieux de te tirer, d'oublier ce que je t'ai dit.

— Tu ne m'as encore rien dit.

— Si. Il y a un mois, chez Acchiardo. J'ai connu Élise au journal. Elle m'avait demandé de l'aider à réunir les documents nécessaires à son enquête.

Un vague souvenir. Le bistrot enfumé, un plat de raviolis froids et Charles me parlant d'Élise alors que je le questionnais sur ses frères.

— Une enquête ?

— À propos de son père. Un article, ou je ne sais quoi d'autre. Elle ne pouvait supporter l'idée que le monde puisse l'oublier. Elle s'en voulait même de ne pas l'avoir connu. Je te l'ai dit : un animal sur les traces de ses gènes.

Un animal… L'image m'était restée sans que je puisse la rattacher à quoi que ce soit de précis. Charles continuait à parler. Il avait présenté Élise à l'archiviste du journal, il avait mis sur le coup tous les amis qu'il avait dans la profession. Élise travaillait avec une joie grave, une jubilation appliquée et sereine. Elle reconstruisait l'image de son père comme un oiseau bâtit son nid : toujours plus épais, toujours plus profond. Accumulant les détails, les insérant minutieusement au fouillis de l'ensemble comme si chacun d'eux possédait en lui-même la vérité de tous les autres.

Guérard souriait. Il revivait le bonheur de cette intimité, avec une fierté provocante qui suscitait chez moi des ondes de jalousie. Nous pensions tous les deux à la mort.

— Et puis elle n'est plus venue. J'ai cherché à la joindre. J'ai gavé son répondeur de messages idiots. J'en ai perdu la tête. Jusqu'à parler d'amour à ce perroquet électronique.

— Tu ne l'as jamais revue ?

— Une fois. Ici. Elle est restée debout. Elle m'a remercié de mon aide. « Mon enquête est finie », m'a-t-elle dit. Elle a ajouté quelque chose à propos de la disparition des fantômes et elle est partie.

— Rien d'autre ?

— Rien.

— Vraiment ?

À sa manière de reprendre son souffle, de planter son regard droit dans le mien pour en affirmer la totale transparence, je savais qu'il allait mentir.

— Rien de plus. C'est toi qui m'a parlé du secret.

— Désolé, Charles. Je ne peux pas me contenter de ça.

Je me suis levé.

— Attends ! Qu'est-ce qu'elle t'a dit exactement ?

Il s'était levé lui aussi. Blême, il me faisait face. J'eus soudain l'intuition de sa folie.

— Rien de précis. Elle a simplement fait mention d'un secret : un truc qu'il fallait détruire à tout prix.

Il se rassit. Il avait l'air exténué.

— Donne-moi du temps, Clerc. Juste un peu de temps. Rappelle-moi… plus tard.

*

— Tout ce que j'apprends sur elle ne sert qu'à la rendre un peu plus invisible, tu comprends ça, Johnny ?

— Les femmes sont toujours invisibles, Phil. Et leur mort n'arrange pas les choses. Mange, ça te passera.

La faim m'avait ramené vers la vieille ville. Le genre de faim désincarnée à colmater d'urgence sous des platées de chouchouka arrosée de harissa. Le genre de faim que Johnny pouvait comprendre.

— Je te l'avais dit, Hasma. Le jour où les putes ne te suffiront plus, tu perdras tout à fait la cervelle. Mange encore la chouchouka ; quand les tripes brûlent, la tête elle est froide.

Je l'ai regardé verser le thé à la manière arabe. Le plus haut possible pour commencer et puis de plus en plus bas jusqu'à ce que le bec de la théière frôle le rebord du verre plein sans qu'une goutte du liquide sombre et brûlant ne se soit écartée de la trajectoire. Johnny était blond comme le sont parfois certains Kabyles. Il était coiffé comme Hallyday à ses débuts et accentuait encore la ressemblance en portant des jeans serrés et des bottes à hauts talons. Son bistrot s'appelait le Saf-Saf. J'en avais fait ma cantine.

J'ai trimbalé mon assiette à travers la salle du resto. Le jour tombait sur la place Saint-François. Assis sous les arcades, un couple de clochards inventoriait le contenu d'une poubelle. Johnny vint me rejoindre. L'odeur âcre d'un joint d'« africaine » s'échappait de ses doigts. Je retins un moment la fumée dans mes poumons avant de la relâcher contre la transparence approximative de la vitre.

— Je ne sais pas si ta chouchouka est la meilleure de la ville, Johnny, mais tu es bien le seul restaurateur que je connaisse qui fournisse l'herbe sans supplément au menu.

— Dommage que les guides n'en tiennent pas compte, sourit-il. J'aurais gagné assez d'argent pour ouvrir une boîte à choucroute sur les hauteurs de Bab-el-Oued. Tu sais quoi, Phil ?

— Non.

— Ça fait presque vingt ans que je regarde au travers de cette fenêtre et je ne suis pas capable de décrire cette foutue fontaine.

J'ai jeté un coup d'œil vers la place. La masse de la fontaine, tronquée par l'angle d'un mur, se diluait dans la nuit naissante.

— Je suis né ici et je ne me suis jamais posé la question.

— Pourtant tu cherches à connaître une femme morte.

— Ce n'est pas une femme ordinaire.

— Aucune ne l'est. Que sais-tu d'elle ?

— Tout et son contraire. Elle est riche mais n'a pas d'argent. Sa famille est illustre mais elle n'a pas de parents. Elle ignore ce qu'elle cherche et meurt sans doute de l'avoir trouvé. Elle est seule et la ville tremble encore de sa disparition. Elle a un secret, mais c'est une pute qui l'a inventé.

— Charo ?

— Qui d'autre ? Une invention de femme pour éclaircir le mystère d'une autre femme. Une pièce de mensonge sur l'immense trou de la vérité.

— C'est mieux que rien.

À la radio, Zappa affirmait que son plus grand désir était de devenir une princesse juive.

— T'es pas difficile.

— C'est toi qui l'es trop. De toute façon, cette fille avait sûrement un secret.

— Pourquoi ?

— T'es con ou quoi ? C'est toi qui me l'as dit.

Autant discuter avec un chameau vaso-dilaté. À l'extérieur, le monde prenait des allures de coton hydrophile.

— Exact, acquiesçai-je. Le hic, c'est que je ne sais pas ce que c'est.

— Demande à Charo.

Ce crétin se marrait. À la réflexion, c'est ce que j'avais de mieux à faire. Nous rîmes donc, le nez collé à la fenêtre : deux eunuques à la devanture d'un sex-shop.

— Tu m'es à peu près aussi utile qu'un manuel de philosophie, dis-je en essuyant mes larmes. Et je ne vois vraiment pas pourquoi je parle de ça à une pute et à un restaurateur arabe.

Il emplit nos verres de thé brûlant.

— Parce que tu n'as que ça, mon pote. Ça et personne d'autre.

17

Conçue pour accueillir quarante personnes, la salle du Pub Saint-Laurent en contenait une bonne centaine. Un mur uniforme de cuir et de jeans, une forêt de crânes polychromes nimbés par la fumée, ondulant au rythme d'une pulsion sourde qu'on aurait crue issue du ventre même de la bête. Moïse devant la mer Rouge. Machin devant les murs de Jéricho, sauf que les trompettes étaient à l'intérieur et que ce n'étaient pas des trompettes mais des morceaux d'électricité scintillante relayés par des amplis dont le plus petit aurait suffi à rendre sourd un troupeau d'éléphants. Le seul moyen de survivre à un concert de rock, c'est d'y foncer tête baissée. De s'y fondre jusqu'à ce que vos oreilles soient incapables de faire la différence entre un *si* bémol et un coup de marteau sur la tête. Dans l'état où j'étais, ça ne posait pas de problème majeur. Miracle de la décadence, mes compagnons étaient aussi loin de leurs godasses que moi. Après avoir écrasé plus d'arpions qu'un danseur mondain débutant, je suis arrivé jusqu'au bar. Sans me regarder, le barman poussa une canette devant moi. Il avait le galbe d'une barrique, portait un tee-shirt rouge sang et des rouflaquettes larges comme des côtes de porc. Son crâne chauve était traversé, dans le sens de la largeur, par deux lignes parallèles de cheveux noirs et graisseux.

— Vous n'en auriez pas une tiède ? ai-je gueulé en désignant ma bière.

— Pourquoi ? Vous la trouvez fraîche ?

La surprise le rendait presque humain.

— Non. Carrément chaude.

— Ça fait vingt balles. Si vous voulez de la fraîche, allez la boire en face.

Pour autant que je puisse me souvenir de quelque chose, en face c'était le port. Je lui ai souri, histoire de lui montrer que je savais reconnaître un humoriste quand j'en rencontrais un. Peine perdue. Il m'avait déjà oublié. Sur scène, les kids ne s'en tiraient pas trop mal. Veste blanche, tee-shirt et jeans délavés, ils ne devaient guère avoir plus de cinquante ans à eux quatre. Une rafale d'applaudissements salua le final de *Heartbreak Hotel*. Sans en attendre la fin, le batteur se lança dans un beat musclé, appuyé par le grondement sourd de la basse. Dans la salle, les mômes se mirent à hurler. Un des deux guitaristes attaqua tout en accords le riff de *Twenty Flight Rock* tandis que l'autre, penché sur le manche de sa gratte, en égrenait la ligne mélodique. Il releva la tête pour approcher sa bouche du micro. Son visage apparut dans la lumière et une poigne acide me tordit les tripes. Il chantait, le cou tendu, la face contre la fumée ; accrochées comme autant de perles aux volutes de ses boucles blondes, les gouttes de sueur le casquaient d'un diadème irisé. Un prince… Éric sorti tout droit du crayon de Joubert et des méandres mystérieux de la modernité. Elric avant que la nécromancie ne marque ses traits… Il chantait et ses paroles écrites pour les gosiers râpeux des archanges de la déglingue coulaient sur la foule, bouche ouverte. Le barman au torse de futaille en oubliait même d'avoir l'air con. Ils enchaînèrent sur un morceau lent. Un genre de blues écrit en français et qui parlait d'un horizon biseauté où s'écorchaient les ailes du rêve et celles des oiseaux. Un songe truqué dévoré par les flammes d'une maison rose. La chanson s'appelait *Élise*. Ce fut la dernière.

Le silence redégringolait en plaques. Sur la scène minuscule les musiciens remballaient leur matos. J'ai essayé d'attirer l'attention de Brissac. Mais allez crier un prénom aussi tarte que « Philippe-Henri » dans un endroit pareil. En désespoir de cause, je me suis rabattu sur le barman.

— Dites ? Vous voulez pas m'appeler le chanteur ?

En fin de compte, il ne m'avait pas oublié.

— Encore vous ! Qu'est-ce que vous lui voulez ?

— J'aime bien ce qu'il fait. Je pourrais peut-être lui trouver quelque chose.

Il mata mon costume, puis ma gueule, fit la grimace et recommença l'opération en sens inverse.

— Si tu veux dealer ta merde, va le faire dehors. Ici on vend que de la bière.

— Et que de la chaude. Je sais. Je veux juste lui parler du rock'n roll.

Il inspecta à nouveau mon costard, cherchant visiblement dans quelle catégorie musicale il pourrait bien classer de tels oripeaux. Précieuses nippes. Elles avaient l'art de n'être nulle part à leur place.

— Toi ? fit-il. Ça m'étonnerait ! Hé, Phil, y a quelqu'un qui te demande. Lave-toi les dents. Paraît qu'c'est un imprésario.

Le gamin se retourna, me vit, esquissa un mouvement de fuite. Dans le brouhaha, sa bouche silencieuse disait non…

— Dégage, Tonton, gronda la barrique. Y a personne qui t'aime ici.

Sa paluche pesait des tonnes. Je me suis dégagé. Autour de nous, les conversations s'arrêtaient.

— Phil ! N'aie pas peur. C'est ta mère qui m'envoie !

Même en cherchant bien, j'aurais pas pu trouver plus con. Les rockers n'ont pas de mère, c'est bien connu. Ou alors uniquement dans les textes de leurs chansons. La salle se mit à ricaner. J'aime pas la foule quand elle commence à se sentir unique. J'aurais dû laisser tomber. Brissac ramassa sa gratte et descendit de la scène. On le laissa passer. Pas moi. Une santiag m'envoya bouler sur le parquet. Capsules et mégots. Je me suis relevé juste à temps pour voir le gosse disparaître et le barman arriver. Bras ballants, jambes écartées, le gros avançait, sûr de lui, ignorant de la rage qui montait de mon ventre, limpide, vive comme une source trop longtemps comprimée. J'étais sûr qu'il allait se mettre à parler. Ils faisaient tous ça. Aucun ne pouvait s'en empêcher. Sauf les pros. Ceux qui cognent sans colère, ceux qui ont cessé d'avoir peur de leur propre violence.

Je l'ai interrompu au milieu de sa phrase. Un coup de godasse au-dessous du genou. Juste assez fort pour le mettre en rogne. Il fonça, bras en avant, et prit mon coude en pleine gorge. Je pivotai sur mon pied gauche et lui balançai mon talon droit sur le dessus du pied, un tout petit peu avant l'articulation. L'os cassa net. Juste un craquement dans le silence de la salle. Le gros me regardait. Ses yeux perdaient doucement les pédales. Je lui ai souri. Il se mit à dégueuler. Ça sortit de sa bouche en nappes épaisses, sans à-coups.

— On a les gargouilles qu'on mérite, murmurai-je en lui écrasant une canette sur le nez.

Entre la sortie et moi, il restait encore pas mal de monde. Une majorité de curieux. Juchés sur les tables, ceux-là n'attendaient que la fin du spectacle… Une dizaine d'autres rôdaient dans l'arène, mèche agressive, le cuir luisant. La plupart n'attaqueraient pas. Trop heureux de fouler le champ de bataille, la botte prête pour l'estocade. Il en restait quatre. Des jeunots silencieux aux épaules en trapèze. Un peu stressés par la fin du gros, ils se dandinaient sur leurs talons biseautés, s'épiant du coin de l'œil, cherchant l'ouverture. Ils avaient l'avantage du nombre ; j'avais celui d'une première victoire rapide et totale. Sans compter cette joie sauvage qui continuait à gronder dans ma chaudière comme une torche. J'ai feinté sur ma droite, bras gauche en avant, amorçant l'esquive en même temps que l'attaque. Je ne vis de la chaîne que ses reflets. Elle escalada l'air saturé de lumière et vint s'enrouler autour de mon bras, trop près de l'amorce du coup pour me faire réellement mal. J'ai reculé en tirant de tout mon corps. Le gars aurait dû lâcher. Il s'aperçut de son erreur beaucoup trop tard. D'un coup de boule, je lui fracassai l'arête du nez. C'était fini pour moi. Sans avoir lu Corneille, les trois comprirent que s'ils ne voulaient pas finir comme les Curiaces, ils avaient intérêt à changer de tactique. Ils me sautèrent sur le poil d'un seul mouvement. J'ai cogné dans le tas, mais « que voulez-vous qu'il fit contre trois » ?... Le premier coup m'écrasa la bouche, une méchante bague en forme de tête de mort plantée comme un rostre à l'avant d'un poing crevassé d'huile de vidange. Après ça, je cessai de compter.

— Ça suffit comme ça ! Tirez-vous de là !

Une voix sans réplique, doublée d'une formidable détonation. Un horizon soudain lumineux et le plâtre descendant en pluie fine du plafond défoncé par un pruneau de gros calibre.

— Ça va, mec ?

Au poil. Ça faisait même longtemps que je ne m'étais pas senti aussi bien. La voix et le flingue appartenaient à Tim. Un Américain obèse et complètement barge que Masséna avait ramené de New York pour ses talents de tueur et son amour immodéré pour la bouffe et le pinard français. Dans l'ombrasure de la porte, son pote Gino couvrait l'assistance du canon de son fusil à pompe modestement pointé sur ses godasses.

— ... « Ou qu'un beau désespoir alors le secourût », murmurai-je en me relevant.

— Toujours aussi givré, dodelina Tim. Magnetoi, pas la peine d'attendre les flics.

Nous passâmes entre deux haies de loubards respectueux. Désormais leur monde se diviserait en deux : ceux qui y étaient et les autres.

Dans la Mercedes, Gino me passa une flasque de whisky. Il démarra en souplesse, remonta les quais en sens interdit et déboula sur la route du bord de mer au moment où les flics s'engageaient sur la rampe qui mène au port.

— Vous étiez là depuis longtemps ?

J'avais l'impression d'articuler avec une paire de limaces. Gino sourit. Je l'aimais bien, ce petit Romain, futé, civilisé jusqu'à la pointe de ses pompes de pécari. À quarante ans, il avait saisi tout ce que l'époque pouvait lui fournir de violence. Les castagnes de la zone, la fac, les camps d'entraînement palestiniens, la guérilla urbaine, et pour finir la pègre qui avait le double avantage de lui procurer la précarité du danger perpétuel et le fric pour en profiter à fond.

— On te colle aux fesses depuis ta sortie.

Il me regarda en clignant de l'œil.

— On a failli intervenir ce soir. Et puis en voyant ton sourire, on s'est dit qu'on perdrait rien à attendre.

— Bien raisonné, souris-je. Je n'aurais pas fait mieux.

— C'est vrai que tu te débrouilles bien, grogna Tim. T'as appris ça où ?

— Au même endroit que toi. Patate.

*

— Deux sur cinq. C'est pas si mal pour un assureur quadragénaire.

— Qu'est-ce que tu me veux, Jacques ?

Les mains dans les poches de son smoking, Masséna, debout, parlait sans ôter sa cigarette de la bouche. En back-ground, le sax de Coltrane reprenait le thème de *Blue Train*... Sur la table basse, une carafe de whisky et un seau à glace complétaient le décor. À tout moment, Howard Hawks pouvait surgir et nous demander de recommencer la scène.

— Simplement parler.

Pénible, cette impression de déjà vu. Ce dédoublement tenace.

— D'Arcy ne t'a rien dit ?

— Jolie ta métaphore sur la bienfaisance et l'amitié. Je ne suis pas sûr qu'il l'ait tout à fait comprise.

— Ah oui... Et toi ?

— Moi ? J'attendais que tu viennes me l'expliquer.

Je me suis perdu un instant dans les méandres graves du trombone de Curtis Fuller. Ce que j'aime dans cette musique, c'est cette façon unique d'aborder le thème en le contournant, de révéler la mélodie en feignant de parler d'autre chose.

— Pourquoi m'as-tu fait sortir ? Pourquoi me fais-tu suivre ?

— Sottes questions. Si notre amitié ne suffit pas à te fournir la réponse et quoiqu'il m'en répugne, je te rappelle que tu travailles un peu pour moi.

— Pas cette fois-ci.

— Chaque fois que j'ai besoin de toi, et quelle que soit la nature du merdier dans lequel tu t'es fourré. Mais laisse-moi te retourner la question. Pourquoi t'imagines-tu que je t'ai fait sortir ?

Le plus littéraire des truands de France… J'étais bien placé pour savoir que plus son langage était précieux, plus ses idées étaient vicelardes.

— Facile. Tu es cul et chemise avec les d'Horville. Peut-être qu'ils aimeraient savoir exactement ce que m'a raconté leur sœur.

Son sourire diminua. Pas beaucoup mais suffisamment pour que je me dise qu'à force de lancer ma gaule, j'arriverais à collectionner les touches. Le malheur, c'est que je n'avais pas la moindre idée de la nature du poisson.

— Ils le savent. D'Arcy a eu connaissance du dossier et de la lettre du petit Brissac.

— Un peu léger, non ? Même pas suffisant pour étayer mon inculpation. D'Arcy a dû te le dire. Et puis, en admettant qu'Élise m'ait effectivement demandé de mettre le feu à sa maison, rien n'interdit de penser qu'elle m'ait aussi parlé d'autre chose.

Il contourna l'hameçon.

— Pourquoi souris-tu ?

— Mon charme, peut-être.

— Pourquoi pas, en effet. Un homme capable de séduire la moitié des prostituées de la ville est parfaitement capable d'envoûter une jeune oiselle du grand monde. Mais peu m'importe cette histoire. Élise est morte et je sais que tu ne l'as pas tuée. Si tu l'avais fait, ma protection suffirait à ta sauvegarde. Ce que je veux... ce que j'aimerais, corrigea-t-il avec le sourire qui avait plus fait pour sa carrière que l'artillerie de tous ses porte-flingues, c'est que tu oublies cette histoire. Que tu cesses de renifler les traces de cette gamine avec l'obstination d'un corniaud amoureux. Pardonne-moi l'image, Phil. Mais depuis ta sortie de tôle, tu traînes à travers la ville dans un accoutrement digne du dernier des clodos de la Bowery.

— Pourquoi la Bowery ? Ceux de Nice sont pas mal non plus.

Il réprima un geste d'agacement. Emplit nos verres et vida le sien d'un coup.

— Regarde-toi, Bon Dieu ! Tu laisses tomber tes affaires, tu vis chez une pute et ton costard tombe en loques. Tout ça parce qu'une gamine t'a tapé dans l'œil avant de disparaître en fumée…

Je me suis levé sans toucher à mon verre. J'ai marché jusqu'à l'écran géant qui lui servait de fenêtre. Le cap de Nice naviguait dans l'ombre…

— Ça va, excuse-moi. J'aurais pas dû dire ça.

— J'aime bien quand tu t'excuses. On dirait quelqu'un qui se flanque à la mer, un manuel de natation à la main. Si tu vois ce que je veux dire ?

Il voyait. Ça ne le fit pas rire.

— D'abord, j'aime bien mon costard. Il déplaît à tout le monde. Et ça, c'est pas donné à n'importe quelle fringue. Pour ce qui est du reste, et puisque tu ne m'as pas fait sortir pour me cuisiner sur Élise, je vois mal pourquoi une innocente lubie te fout dans des états pareils.

— Parce qu'elle n'est pas innocente. La mort de cette gosse a réveillé chez toi quelque chose que tu croyais disparu. Parce que tu te sens vivre à nouveau, tu cherches à tout foutre en l'air. L'amour a toujours eu chez toi des conséquences destructives. C'est pour ça que je t'ai sorti de tôle. Pour stopper le syndrome du Chevalier Maudit. À quarante ans, Zorro ne revient plus. Ou alors il en claque.

— C'est la deuxième fois que tu me menaces.

— Pas moi. Je t'aime comme un frère. Ta mort me serait une insupportable amputation, mais la ville s'en tape.

— En clair, je gêne les affaires que toi et les frères d'Horville faites avec la ville.

— Pas de vagues, Phil. C'est la règle d'or. Les d'Horville ont déjà perdu leur sœur et leur maison. Ça leur suffit. Si tu sais quelque chose, dis-le-nous et oublie.

— Tout ? Y compris qu'en l'absence de l'assassin je suis le dernier à avoir vu Élise vivante ?

— Qui s'en soucie ? Le dossier du juge est vide. Autant que son portefeuille avant qu'il ne se décide à oublier l'affaire.

— Compliments. Il m'avait pourtant fait l'effet d'un jeune homme rigoureux.

— Il l'est. Son prix en tient compte.

— Et Bandry ? Il t'a coûté cher ?

— Alain est seul. Comme toi et moi. On n'achète pas les solitaires. On attend qu'ils s'épuisent.

— Ou on les tue…

Je n'y croyais pas. Lui, non plus. Pourtant son habituel sourire me parut très las. Comme alourdi par ses victoires.

— Laisse donc la mort où elle est. Rien n'est plus encombrant qu'un flic mort et je tuerai de mes mains quiconque s'aviserait de décoiffer le rouquin. Tu me fatigues, Phil. Je sens chez toi une délectation de la souffrance qui te rend vulnérable à tous les dangers.

— Et moi donc !

J'ai fini mon verre. Debout, Masséna fumait. J'ai pensé à Guérard. Lui non plus ne voulait pas laisser la mort où elle était. Pour ce que j'avais pu en apercevoir, ça ne l'avait pas arrangé.

*

— Tu ne lui as rien dit ?

— Non, pas à lui.

— Je sais. Tu ne parles jamais à ceux que tu aimes.

Elle était nue. Je pensais à tous ceux qu'elle avait caressés.

— Viens !

— Pas tout de suite. Je vais faire du café. Tu en veux ?

De la cuisine me parvenaient des bruits d'intimité : l'eau coulant dans la cafetière et la nudité de Charo — je ne me rappelais même plus son vrai nom — aux prises avec le quotidien.

— Il voulait que je lui parle sans qu'il ait à le demander.

— Pourquoi ?

— Je ne sais pas. C'est pour ça que je ne lui ai rien dit.

— Tu bandes ?

— Oui.

Je l'ai entendue sourire.

— Continue à me parler.

— C'est la première fois qu'il m'échappe vraiment, tu comprends ? Comme s'il cherchait à me protéger de sa propre peur.

L'odeur du café se mêlait à la sienne. Elle posa le plateau sur la table de nuit et vint s'asseoir à côté de moi. Une tasse dans une main, la base de ma verge dans l'autre. Je me sentais comme une fleur en pot.

— J'adore ça. Si j'étais un homme, je serais sûrement pédé. Il y aurait cru au secret ?

— Sûrement. Ils sont tous prêts à croire n'importe quoi.

— Sauf Bandry.

— Bandry plus que tous les autres. Il est persuadé que nous n'avons fait qu'inventer la vérité.

— C'est une jolie idée. Il aime les putes ?

— Bandry ? Ça m'étonnerait. C'est l'homme d'une seule femme.

— Dommage…

Elle trempait ses doigts dans sa tasse et laissait couler les gouttes chaudes le long de mon sexe. Aucun geste d'amour ne m'avait jamais paru aussi chaste.

— … L'amour et le café, c'est pareil. Tu lui en parleras ?

Je commençais à avoir de sérieux problèmes de concentration.

— De quoi et à qui ? soupirai-je.

— Du secret, à Masséna, idiot, dit-elle en récupérant le café à petits coups de langue.

— Non, aux d'Horville d'abord. J'aimerais me rendre compte du va-et-vient de l'information.

— Oh, Phil ! Pas ce mot-là…

Je fus bien incapable d'en trouver un autre.

Plus tard je l'ai regardée se rhabiller.

— Un crime de femme, dit-elle. C'est sûrement un crime de femme…

Je ne voyais que son corps disparaître. Je n'écoutais rien d'autre.

18

Le store hache le jour et la ville rapplique en grondant. Cris, klaxons, rumeurs en bribes sous la trame effilochée de ce putain de sommeil qui colle et qui dérape entre la nausée d'hier et celle qui s'annonce. Quoi qu'il arrive le matin, c'est toujours pire. La poubelle de la journée. Ramper sous la tronche du miroir, sous le jus du regard coulant des bouffissures. La trique mécanique pendue au bout du ventre, simulacre des désirs de la nuit. Ce corps gavé d'humeurs et dont les graffitis du Temps révèlent chaque jour un peu plus l'inaltérable laideur. Le poids du monde qui me pèse aux endosses, qui suinte jusqu'aux tripes. Et cette certitude absolue, cette intuition que la réalité est là, tapie derrière la porte, prête à vous sauter à la gueule.

Charo dormait, les mains jointes sur son ventre. Il restait du café. Je l'ai bu froid, debout dans la pénombre. Comme pour me venger de tous les matins passés, pour baliser le temps de bornes amères.

J'ai trouvé la ville tiède. Indécise aussi. Surprise de s'être levée si tôt et de devoir errer le long des trottoirs gris, des façades délavées par les caprices de l'air salin.

J'ai glissé ma voiture dans le chaos ambiant. Le chorus des cylindres et l'arythmie du blues. Si l'autre monde existe, je veux y aller en V8 et l'âme saturée d'un larsen frénétique.

Nicole était déjà au bureau. À vrai dire, le « déjà » n'avait pas grand sens. Ma montre, fracassée sans doute au cours de la bagarre de la veille, n'indiquait plus que l'heure de sa mort.

J'étais incapable de fixer avec précision la date de mon dernier passage. Tout ce dont je parvenais à me souvenir, c'est qu'elle était là, derrière son bureau, qu'elle portait le même cardigan ouvert sur le même corsage opaque, qu'elle me souriait.

— Des messages ?

Même venant de ma part, c'était plutôt bref. J'ai cherché autre chose pendant que son regard me découvrait. Quelque chose qui ne soit pas trop difficile à dire. Je n'ai rien trouvé.

— Vous avez l'air fatigué.

— Non. J'ai l'air d'une loque. Est-ce que je vous ai payée ? Récemment, je veux dire.

— Ne vous en faites pas pour ça. J'ai établi ma feuille de paye et j'ai fait virer mon salaire. Vous voulez vérifier ?

— Vérifier quoi ? Ma propre inutilité ? Vous pourriez tout prendre que ça ne serait pas encore suffisant.

— Même en faisant la part des choses, il y a du vrai dans ce que vous dites… J'en ai tenu compte. Assez substantiellement…

Je lui ai rendu son sourire.

— Le chèque d'Horville est arrivé. Vous trouverez les messages sur le cahier. Il y a une dame dans votre bureau. Si vous voulez vous changer, je peux la faire patienter.

— Une cliente ?

— Je ne crois pas. Elle semble plutôt liée à vos préoccupations actuelles.

Mes préoccupations actuelles… Ne serait-ce que pour cet art de manier la litote, elle n'avait pas volé son augmentation, ma surprenante collaboratrice.

— Comment est-elle ?

— Bien. Pour autant qu'en matière de femmes nous donnions la même signification à cet adjectif.

Je l'ai regardée en rigolant.

— Je vais la recevoir.

— Dans cet état ?

— Désolé. J'en ai pas d'autre.

Elle se tenait dans le contre-jour de ma fenêtre. Elle ne se leva pas, me laissa approcher jusqu'à sa main tendue. À prendre ou à baiser. Un geste de femme du monde. Je l'ai contournée, happant au passage les volutes de son parfum. De l'autre côté de la fenêtre, entre la mer et moi, deux hommes feignaient d'être ailleurs. Flics ? Voyous ?

Ectoplasmes issus tout droit de ma paranoïa ?

— Pourquoi vous montrer grossier, monsieur Clerc ?

Pourquoi en effet ? Était-ce parce que les femmes du monde me faisaient peur bien avant qu'elles ne me cernent comme une malédiction attachée à la mort d'Élise ?

Étais-je doué d'une faculté anti-caméléonienne qui me faisait paraître rigoureusement opposé au milieu sur lequel je me frottais ? Ou bien, à l'instar du putois, ma grossièreté n'était-elle qu'un pestilent rempart dressé à l'encontre des agressions parfumées ?

— Je ne sais pas, madame. Sans doute parce que je suis grossier. Je ne pratique pas le baisemain et je doute que vous soyez une adepte du shake-hand. La grossièreté me semblait donc un moyen terme acceptable.

Elle avait un joli rire et une jolie manière de s'en servir. À y regarder de plus près, elle était même jolie de partout.

— Je m'appelle Geneviève d'Orlac, monsieur Clerc. Et soyez assuré qu'à l'avenir je garderai les mains sur mes genoux.

— Les mains d'Orlac, ai-je soupiré. Si j'avais su…

— Compliments, sourit-elle. Peter Lorre ou Malcolm Lowry ? Oubliez ma réflexion préliminaire, voulez-vous ?

— Pourquoi ? Parce que j'ai lu Malcolm Lowry ?

J'ai quitté ma fenêtre et me suis prudemment approché d'elle.

— Ce pourrait être une raison suffisante.

— Pourquoi êtes-vous venue ?

Son visage glissa contre l'ombre tandis que je réintégrais mon fauteuil. Elle me faisait face. Une quarantaine un peu lasse tirait les coins de son sourire, prolongeait les angles de ses yeux. Ses cheveux tombaient en nappes noires et symétriques le long de son visage, comme une chasse ondoyante, un cadre flou.

— Alors, on ne joue plus ?

Je me suis demandé si les deux ectoplasmes rôdaient encore entre la mer et la fenêtre. Venaient-ils de son sillage ?

— Qui est M. d'Orlac ?

— Mon père. Et son père avant lui. Dois-je continuer ? L'énumération de la lignée d'Orlac risque d'être longue et ne présente qu'un intérêt limité.

Belle, drôle et quoi d'autre encore ? Propre sur elle, bonne cuisinière. Aspirateur et dessous de soie… Divorcée, sans doute. Étiquetée du nom du père. Modèle assez courant même en version luxe. Pas mon blot, en tout cas.

— Vous avez le mode d'emploi ?

— Luc d'Horville, ça vous va ?

Rapide avec ça.

— Vous pigez vite ou on a vu les mêmes films. Vous êtes sa première femme ?

— Vous ne traînez pas non plus. Ça se voit tant que ça ?

— Il fallait bien que vous soyez quelqu'un et les autres femmes de la famille sont mortes. Un verre ?

— Scotch ?

— Je n'ai que ça.

Je l'ai laissée en tête à tête avec mon fauteuil vide et j'ai filé dans la cuisine. En passant, j'ai vu ma gueule dans un miroir dont j'avais totalement oublié l'existence. Si elle pouvait résister à ça, elle pouvait aussi picoler dès le matin. Je suis revenu avec deux scotches de déménageur et une assiette de cacahuètes pas vraiment fraîches.

Elle prit le verre, jeta un coup d'œil sur les ruines d'arachides, alluma une cigarette, s'alcoolisa avec distinction et me sourit. Le tout prit un temps assez voisin de l'infini.

— Je crois que vous avez connu mon ex-belle-sœur, Élise d'Horville.

Pour les cacahuètes, elle avait raison. J'en ai mâché une poignée, histoire de ne rien manquer de cette radieuse matinée d'hiver.

— Qui vous l'a dit ?

— C'est important ?

— Pensez-vous ! Je vous demande ça juste pour ne pas perdre la main.

— Essayons d'aller vite, monsieur Clerc. Je commence à peine à m'habituer à votre esprit et je voudrais être sûre d'avoir fini avant d'aimer ça. Lucie de Brissac m'a parlé de votre visite et de la lettre que son fils a communiquée à la police.

Lucie… Un joli nom pour une lumière qui n'en finit plus de s'éteindre.

— Continuez.

— Vous devez être un homme très séduisant si l'on connaît le mode d'emploi. Il semble que Lucie ait eu plus de chance que moi. Non ! Ne dites rien. Vous avez horreur du flirt et ma remarque ne vise en rien une quelconque satisfaction de vos phobies…

Elle laissa traîner un peu de silence. Juste assez pour donner quelque consistance à ma frustration.

— Votre entretien l'avait profondément troublée. Votre charme bien sûr. Mais aussi la certitude de l'étrange amour que vous ressentez pour Élise. Elle se trompe ?

— Sur mon charme, sûrement !

— Tout le monde aimait Élise, monsieur Clerc. Lucie, moi, Philippe-Henri et beaucoup d'autres, y compris peut-être celui qui l'a tuée. Mais ce que j'aimerais savoir, c'est pourquoi vous l'aimiez, vous ?

Elle était assise dans le même fauteuil. Son parfum aurait pu être le même. Sa beauté venait des mêmes cimes et elle me fixait, avec une âpreté souriante qu'on aurait dit forgée par des années de ruisseau.

— Je ne sais pas.

— Ne vous dérobez pas, monsieur Clerc. J'ai besoin de savoir.

— Pourquoi ?

Le silence. Et ce sourire gravé qui glissait le long de ses dents. Elle alluma une autre cigarette, sécha son verre. Je ne suis pas sûr qu'elle me voyait encore. Il pleuvait. Les deux ectoplasmes se serraient sous un ectoplasme de parapluie.

— Je ne sais pas si je l'aime. C'est l'idée de sa mort qui m'est insupportable.

— Auriez-vous cherché à la revoir ?

— Vous savez bien que non.

J'ai ricané ça comme une certitude absolue. Une vérité soudaine dont la véhémence me déchirait.

— Pourquoi pas ? Un homme comme vous ne pouvait que la fasciner.

Je l'ai revue dans l'embrasure de la porte, à demi enfouie, à demi offerte.

— Et si je n'aimais que la mort ?

— Séduisante réponse, monsieur Clerc. Un peu emphatique peut-être. Vous pouvez certainement mieux faire.

Elle me tournait le dos. La colonne bleutée de sa cigarette coupait sa silhouette en deux. J'aurais voulu qu'elle parte.

— Je peux aussi ouvrir la porte et attendre qu'un courant d'air vous emporte, vous et vos questions.

Elle haussa les épaules. Ça aussi, elle le faisait très bien.

— Aucune chance. Pas tant que vous ignorerez ce que je suis venue faire.

— Je me demande si j'ai vraiment envie de le savoir, soupirai-je. Je n'ai aucune attirance pour les jeunes filles, madame. Surtout quand elles sont bien élevées. Quand j'ai envie d'une femme, je vais la chercher dans la rue, pas sur la liste des « debs ». J'y trouve aussi mes dealers et la plupart des gens avec qui j'ai envie de boire. Ajoutez à ça une quarantaine pas très fraîche, une moralité dont le moins qu'on puisse dire c'est qu'elle a déjà servi, et dites-moi ce que vous voulez que je foute d'une gamine probablement aussi chiante que toutes celles qui sortent du même moule. Ça vous va ?

Ça lui allait. Pas à moi. Je l'aimais bien, mon cinéma, ma romance un peu tarte, avant que cette tornade B.C.B.G. ne vienne la saccager.

— La tristesse vous va bien, Philippe. Un bel écrin pour votre cynisme. Vous permettez que je vous appelle Philippe ?

— Appelez-moi maman, si ça vous amuse. Ça visait quoi, votre petit numéro ? Vous pouvez me le dire, maintenant qu'on est potes ?

— Vous localiser. Il fallait que je sache ce que vous faisiez dans le paysage. Maintenant, je le sais.

— Bravo. Servez-moi un verre. Je sens que je vais en avoir besoin.

Elle en servit deux. Des sérieux. À ce train-là, la conversation risquait de se terminer sur le tapis.

— Jetez un coup d'œil là-dessus.

Le « là-dessus » en question était un gros cahier d'écolier à spirale. Je le feuilletai rapidement. Il était empli aux trois quarts d'une écriture oblique, serrée, à la fois nerveuse et appliquée. Sur la première page, en grosses lettres bâtons, un titre : LA FALAISE — ROMAN. En haut et à droite de la page suivante, isolée, minuscules graffitis au flanc d'un océan de plâtre, une dédicace disait : « À mon père. »

« Personne ne vit jamais la falaise s'embraser. Aucune âme ne vivait là, qui aurait pu saisir l'instant où l'acier percuta la pierre. C'était un petit avion. Sa fin suffit à peine à couvrir les cris des singes, le ramage des oiseaux. Il sombra dans l'océan de la jungle indonésienne. Les sauveteurs ne trouvèrent aucune trace du pilote. Certains relatèrent pourtant qu'à l'entour de l'épave, orchidées et hibiscus brillaient d'un éclat plus sauvage… »

L'écriture d'Élise.

Geneviève d'Orlac n'avait pas bougé. J'ai lu encore quelques pages. Des mots clairs, des phrases justes et de loin en loin, l'émotion qui dérape, qui déborde, qui s'écoule en longue maladresse naïve. Nos verres étaient vides. Le cendrier, trop plein.

J'ai posé le cahier sur les genoux de ma visiteuse.

— Comment avez-vous eu ça ?

— Gardez-le. Il vous revient de droit.

— Comment l'avez-vous eu ?

— Il est à moi. Connaissez-vous mon ex-mari ?

— Je l'ai vu deux fois.

J'ai aimé son sourire. Une variation sur l'amertume, un duo pour chair et ivoire.

— Merci de votre discrétion. Luc est un salaud. Élise elle-même en était persuadée. Pourtant, je ne parviens pas à considérer mon mariage comme une erreur. J'y ai gagné deux enfants et une sœur.

— Vous oubliez la pension alimentaire.

Je ne sais toujours pas pourquoi j'ai dit ça. Tout gosse, je marchais déjà sur mes jouets neufs.

— Substantielle, je vous l'accorde. Tout se soigne, monsieur Clerc. Même la peur des femmes. La vôtre ne me semble pas incurable. À condition que le cœur vous en dise.

— Oubliez ça. Parlez-moi plutôt de ce cahier.

Elle fumait en parlant. Quand j'étais gosse j'admirais les femmes qui faisaient ça.

Elle seule connaissait le projet secret d'Élise. Non pas un article comme elle l'avait laissé croire à Guérard, mais un roman. Une œuvre pour rendre compte d'une autre œuvre. Une fiction, car seul l'imaginaire pouvait restituer la stature de l'homme qui hantait ses songes de gamine. Un monument, parce que l'art ne ment pas et qu'il fallait que le monde sache que le nom qu'elle portait n'avait pas toujours traîné derrière les prénoms de ses frères.

— … Et puis elle s'est arrêtée. Elle m'a donné le cahier. M'a fait jurer de n'en jamais parler à personne. Je la vis moins souvent. Elle semblait s'être éteinte. J'ai appris qu'elle voyageait beaucoup. Elle ne m'en parlait pas. Je ne l'ai jamais questionnée.

— Vous le regrettez ?

— Non. Elle n'aurait pas répondu et notre affection en aurait souffert.

— Maintenant elle est morte mais vos sentiments sont intacts. C'est ça ?

— Les raisons de son assassinat sont dans les pages blanches. C'est pour ça que le manuscrit vous revient de droit.

— Pourquoi moi ?

— Parce que vous avez déjà commencé.

— Je n'ai rien commencé du tout. En mourant, Élise m'a légué un confortable paquet d'emmerdements. Pour l'instant, je me suis contenté d'essayer de passer au travers. Il semble que j'y sois parvenu. Rien ne m'oblige à continuer.

Elle éclata de rire. C'était un peu comme un feu d'artifice qui vous péterait à la gueule dans un sous-bois touffu.

— Pardonnez-moi d'être venue. J'aurais dû laisser traîner les indices et attendre que vous me trouviez tout seul. Ça colle mieux à l'image du héros harassé parcourant la ville, fouillant les poubelles à la recherche d'indices qui, sans lui, n'auraient jamais vu le jour. Navrée. Je voulais simplement vous épargner un peu de temps.

Étrange, ce don qu'elle avait de penser juste et d'agir faux. Elle aurait dû m'attendre, parce que le temps était bien la dernière chose que je désirais me voir épargner. Il est la friandise du solitaire, sa voie royale. L'en priver revient à l'amputer d'une partie de sa force. Le temps et le silence qui l'accompagne quand le bruit de la ville défile comme un paysage et qu'il n'y a là rien qui vous attache, rien qui vous concerne.

— Vous êtes comme les ermites qui pensent que la solitude ne se trouve que dans les déserts.

Elle me sourit.

— Je crois que j'ai compris.

— Moi, j'en suis sûr.

— Vous gardez le manuscrit ?

— À votre avis ?

Je l'ai regardée se lever. Elle était longue plutôt que grande. Elle pêcha une carte de visite dans son sac, la posa sur le manuscrit et sortit. Sa démarche était un résumé de ce que je savais d'elle.

*

Le cahier bleu sur le coin du bureau, un cocktail de parfum et de tabac anglais et la preuve de son sourire sur les bords de son verre. Le contretemps du rock et sur mon bras les aiguilles immobiles d'un temps enfin docile. Quelle faille la mort d'Élise avait-elle ouverte pour que tant de femmes en sortent ? J'ai rincé le verre. J'ai mangé du thon blanc, à même la boîte. Sur des tranches d'oignons arrosées de ketchup. J'ai travaillé, je crois. J'ai paraphé sans les lire des lettres que je n'avais pas écrites. J'ai rassuré des gens. J'en ai assuré d'autres. J'ai couvert de papier le cahier d'Élise. La pluie cessa. Les jambes de Nicole arpentaient mon espace. Elle me fit du café, géra mon fond sonore, s'abstint de boire et détourna les yeux chaque fois que je le faisais. Le bruit de sa présence habillait les glissades du temps. Le mistral lavait ma fenêtre, bleue comme le cahier d'Élise.

— Qu'est-ce que vous attendez pour le lire ?

— Quoi ?

— Le manuscrit. Depuis qu'elle est partie, vous ne pensez qu'à ça.

— Vous avez entendu ?

— Non. J'ai écouté. Elle a raison. Vous devez retrouver l'assassin.

— Pourquoi ?

— Les temps sont durs, monsieur Clerc. Quand on a un patron, on y tient. Même s'il n'est pas d'un modèle tout à fait courant.

Débarrassé des dossiers qui l'encombraient, le cahier bleu d'Élise semblait grignoter mon espace vital.

J'ai appelé Lucie de Brissac.

— Lucie ? Philippe Clerc à l'appareil.

— Oh ! Je suppose que vous avez vu Geneviève.

— Elle sort de chez moi. Comment faites-vous pour rougir au téléphone ?

— Aucune idée. Je crois que c'est la première fois.

— Philippe-Henri est là ?

— Je l'attends.

— Il a refusé de me parler hier soir. Dites-lui que j'essaierai à nouveau ce soir après le concert. Dites-lui bien qu'il n'a rien à craindre.

— Je le lui dirai.

— Merci. Si vous avez besoin d'un assureur, n'hésitez pas à sonner.

— C'est noté. Au revoir, monsieur Clerc.

À vue de fenêtre, il pouvait être cinq heures. De l'autre côté, à ras des flots, le soleil tentait un baroud d'honneur.

19

Personne au Saint-Ram's. Personne qui m'intéressât. Le barman officiait dans une flaque de néon pour le seul bénéfice d'une rangée de demi-sel qui jouaient leur Casanis au 421 et s'essayaient au rictus façon caïd. Rien qui ressemblât aux comiques qui m'avaient tabassé.

J'ai traversé l'avenue. Le vent d'ouest dégringolait des collines, chahutait les branches nues des platanes, piquait au ras du macadam, glissait le long des façades roses avant de tirer sa route vers l'est, chargé d'oxyde de carbone, de mouchoirs en papier et de quelques bobs américains désolidarisés de leurs crânes rasés réglementaires. J'ai cherché un endroit qui me permît de mater l'entrée du Saint-Ram's.

La Lorraine avait disparu. Nous y venions, dans le temps, à la sortie du bahut, manger des pan-bagnats, jouer au flip ou au baby, roulant des mécaniques dans nos cuirs de pacotille, dissimulant nos cartables de lycéens au regard de bois des loubards gominés dont les engins encombraient le trottoir. Le rock'n roll s'y pratiquait comme une messe illuminée de temps en temps par une apparition de Dick Rivers que nous saluions, la bouche vissée sur la cibiche, d'un « Salut, Dick » bouleversé et blasé. Maintenant, ça s'appelait « Machin Burger ». On y vendait toujours de la bouffe, et la soupe qui dégoulinait des haut-parleurs pouvait passer pour du rock aux oreilles de ceux qui pensaient y manger de la viande. La salle ressemblait à une station de métro en plus blanc, plus propre et moins marrant. Je me suis assis sur un entrelacs de tubes multicolores entre un punk irisé et une bande de marins américains en quête de dépaysement. Un cuistot déguisé en pharmacien du Middle West me désigna le programme. C'était photographié dans le genre hard. À plat et tout dans les couleurs. De la bouffe classée X. J'ai choisi le modèle le moins anatomique. C'était quand même dégueulasse. En face, le Saint-Ram's se remplissait. Une odeur de bière, d'alcool, de cigarettes. La vraie chaleur d'un rade. L'avenue à traverser, comme un monde qui bascule. Ma ville vue d'un Burger, Coca-Cola-ketchup…

La nuit est une falaise, bleue comme le manuscrit. Je l'avais lu. Jusqu'à ce que ma fenêtre soit noire. La mort aux deux bouts et l'amour comme un long trait d'union. Bertrand d'Horville y apparaissait sous les traits d'un héros à la Conrad. Un aventurier dont l'arrogante humanité avait du mal à s'accommoder du masque de la commune gentillesse. Citizen Kane mettant sa mégalomanie au service de Lord Jim. Un personnage plutôt crédible même si, à l'instar de l'albatros de Baudelaire, il avait un peu tendance à s'emmêler les pinceaux au décollage. Par la suite, les méandres du récit parvenaient à dépouiller le héros de sa naïveté.

À part des qualités littéraires, je n'y avais rien trouvé. Aucun renseignement qui pût expliquer sa mort. Rien qui pût me la faire connaître davantage…

— Rien d'autre, monsieur ?

L'apothicaire du Minnesota fourbissait son comptoir.

Il était près de onze heures. Laurel et Hardy n'étaient pas venus. L'avenue se vidait lentement. Le vent tombait avec la montée de la lune. Devant le Saint-Ram's une pute songeait à la relève. Le Pub Saint-Laurent fermait à minuit. Avec un peu de chance, je pourrais coincer Brissac à la sortie sans casser du barman.

J'ai descendu l'avenue déserte. Devant la cathédrale, deux clodos habillés de journal se chauffaient au picrate. Les cinémas en berne attendaient pour s'éteindre que la dernière séance vomisse sur le trottoir une foule frileuse. Le froid sied à ma ville. C'est son luxe, son exotisme.

Sur la Promenade, un reste de mistral décoiffait les palmiers, glissait en chantonnant sur les chaises pliées. Je suis passé devant ma fenêtre éclairée. C'était un peu comme si je me regardais de l'extérieur.

Le port dormait, bercé par ses cordages. Les mâts dessinaient sur l'horizon une étrange forêt. Métallique et bruissante. Je me suis garé sur le parking de la capitainerie. Du Pub me parvenaient des bouffées de musique. Un solo nerveux dans lequel je reconnus le doigté de Brissac. Élise et lui étaient faits pour s'aimer. La même grâce, la même inconscience de leur talent. Assis sur le cuir fendillé de la Jag, je songeai à Conrad, aux délices de l'attente, à l'angoisse d'agir, au temps qui reste. Un roulement de batterie plus puissant que les autres, la montée chromatique des guitares qui s'affolent, chacune isolée dans son propre chaos. Le final rebondit sur la foule qui hurle. Une fin de concerto. La fin du concert. Minuit. Sonnés, les kids commençaient à sortir par paquets titubants. Les stars suivraient, après une dernière bière, un dernier coup d'œil sur le matos.

Dans l'ombre du bâtiment, un car de flics surveillait le mouvement. Placé comme j'étais, aucun des occupants du Pub ne pouvait m'échapper. À moins de traverser le port à la nage. Le car de flics passa devant ma calandre. Nu-tête, les deux poulets fumaient en se marrant. Dans la boîte éclairée, il ne restait plus que le personnel et les musiciens. Brissac sortit le premier. Seul. Au bout de son bras, le poids de sa gratte. Il se dirigea vers une petite Austin garée à quatre places de ma Jag. J'ai vu la Mercedes au moment où elle tournait le coin de la capitainerie. J'ai crié dans le fracas de la détonation. La tête du gosse disparut, son corps effectua une demi-boucle au-dessus de la chaîne du parking avant de s'écraser sur le balcon arrière d'un voilier. La Mercedes avait filé avant que le corps ne retombe. Une vitre noire qui se relève sur le canon d'un fusil de gros calibre. Deux silhouettes indistinctes, et déjà elle escaladait la rampe d'accès à la route du bord de mer. Je me suis retrouvé à sa poursuite sans vraiment l'avoir décidé. Pas d'arme et les huit cylindres d'un vieux moteur anglais plus habitué à la croisière qu'aux surrégimes d'une chasse à courre. J'ai poussé la sono à fond pour ne pas entendre le claquement des pistons ni celui de mes dents. J'ai déboulé sur la Promenade à plus de 140. Devant moi, la Mercedes filait sur la voie de droite. Je me suis déporté sur la gauche. Le compteur de la Jag affichait 160. Les branches des palmiers jouaient les sémaphores. Il m'a semblé que la Mercedes allait moins vite. 170, disait la Jag. « Foutu connard, me disait Clerc, avec quoi comptes-tu l'arrêter ? À coups de manivelle ?... » 180. Mon aile avant au niveau de son pare-chocs arrière, mes mains moites à dissoudre le bois du volant, la poussée presque tangible du gros moulin qui l'éloigne à nouveau. « 480 SE... À quoi il joue ce salaud ? » Ma vieille brelle n'en peut plus alors que son bourrin teuton n'est qu'au tiers de sa puissance... Le con ! Il freine... J'ai tout vu trop tard. Le soleil des deux stops, l'avant qui s'écrase sous la puissance du freinage, la vitre baissée, le canon du fusil, l'éclair... et ce blues à la con qui joue les *Dies irae*. Un tour, dix tours. Pas moyen de compter. C'est la fête à Neuneu au-dessous des palmiers. Je pense à Lucie sur le corps de son fils. La tête éparpillée, pas d'yeux à fermer. Jolie mort pour un ange.

Ma ferraille s'envole. J'ai fini par stopper, à cheval sur un trottoir, le nez contre un palmier, le cul sur le gazon. Pas mort. Pas vraiment vif non plus. Je suis sorti. J'ai glissé sur l'herbe fraîche. Ils ne m'ont pas loupé. Juste épargné. La charge avait éclaté sur la roue arrière droite. Plus de pneus, une jante broyée et le bas de l'aile qui ressemble à une passoire à citrouille. Chrevotines à bout portant. Pas étonnant que la tête du gosse ait joué la fille de l'air.

J'ai marché jusqu'au port. Le vent était tombé. Le froid figeait ma sueur et ma peur. Les flics me dépassèrent. Ils allaient vite, sirènes hurlantes sur la route déserte. Comme si leur hâte pouvait rattraper la mort.

Une couverture grise dans la lumière bleue des gyrophares. Le câble des gréements sur la mer électrique. La foule silencieusement répartie en un rond spontané. Un décor irréel, haché, intermittent.

— Tu es déjà là ?

Le visage du rouquin me parut plus blanc que d'habitude. Il était agenouillé près du corps.

— J'étais là avant. Ils l'ont tué devant moi. Deux types dans une Mercedes noire.

— Tu leur as filé le train ?

— Oui.

Il s'est levé. Un lent mouvement saccadé, comme pris dans le faisceau d'un stroboscope.

— Sans arme ?

J'ai haussé les épaules. Je n'avais jamais possédé d'arme.

— Alors ?

— Une voiture à trois roues.

— Ils t'ont manqué !

— Non. Ils ont vraiment visé la roue.

Autour de moi, les flics s'agitaient. Un mastard en imper mastic se mit à ricaner. Un de ceux qui m'avaient arrêté. Celui qui n'aimait pas Noël. Bandry me regardait.

— Plutôt veinard, non ?

La foule figée retenait son souffle.

— On dirait que tu le regrettes.

— On l'arrête, patron ? dit le mastard.

Patron… Étrange cette manie subalterne de coller au mythe pour tenter d'échapper à l'anonymat de la piétaille. La foule frémissait. Du feuilleton en direct. Pour un peu, ils m'auraient lynché. Bandry sourit.

— On pourrait. Quand c'est bien fait, il adore ça. Pas vrai, Phil ?

Un photographe me flasha en pleine gueule. À défaut de celle du cadavre, il aurait au moins la mienne.

— On y va ? dis-je.

— Tu as ton pyjama ? ricana le mastard.

— Va m'attendre dans la voiture, Phil. Il y a du scotch dans la boîte à gants.

La Peugeot sentait la Camel. J'ai bu une rasade de gnôle à même la flasque de cuir et d'argent que je lui avais offert il y a dix ans, le jour de sa promotion. La foule avide se collait aux vitres. J'ai mis une cassette des Stones. Une vieille, une du temps de Brian Jones. Vue de l'intérieur, la scène me semblait moins vive. Une ambulance emporta le corps de Brissac, sa corne criait inutilement dans la nuit quasi vide. Plusieurs gyrophares la suivirent. Les mâtures oscillantes réintégraient l'ombre. Le corps collé sur le mauvais Skaï, j'éprouvais une difficulté grandissante à me concentrer sur quoi que ce fût. Le temps m'échappait. Il n'était plus la dimension élémentaire que des années de silence m'avaient appris à maîtriser. Pour la première fois, j'avais peur de la mort.

Bandry se glissa à côté de moi. Il alluma une Camel. Fit passer sur la première bouffée une longue rasade d'alcool.

— Fatigué ?

Sa voix recelait des trésors de sollicitude. Je lui souris.

— On y va ?

Il démarra. Le murmure du port nous accompagna jusqu'aux lumières de la Promenade.

*

— On a retrouvé la voiture.

Il reposa lentement le combiné sur sa fourche. L'air vibrait encore des échos de la sonnerie. J'ai repris du café. Il était froid.

— Alors ?

— Rien. Elle appartenait à un loueur de voitures. Pas grand-chose à espérer de ce côté-là. Paiement en espèces et faux papiers.

Cinq heures du matin. Peut-être plus. L'heure blafarde. Le ciel hésite entre le noir délavé et le gris sale. La fatigue vaincue n'est plus qu'une immense lassitude qu'aucun sommeil ne peut réparer.

— Tu as prévenu ses parents ?

— Pas encore.

Il soupira. Sa tignasse rousse, d'habitude impeccable, embrasait son front piqueté de taches de son. « J'ai regardé le soleil à travers une passoire », m'avait-il expliqué à notre première rencontre.

— Tu veux que je le fasse ?

— Ça te reprend ? Tu mériterais que j'accepte.

Je lui avais tout raconté. Deux, trois fois. Sans rien omettre. Et chaque fois ma part de responsabilité dans la mort de Brissac m'avait paru plus évidente. Bandry, lui, s'accusait de négligence dans l'enquête. Ce fut un étrange interrogatoire. Un jeu de rôles où, tour à tour flic et suspect, la gêne de chacun se reflétait dans la culpabilité de l'autre. Philippe-Henri nous avait échappé à tous deux. Le commissaire n'avait pas pu susciter les confidences du jeune fils de famille. Mon insistance irréfléchie avait sans doute mis les tueurs sur la trace du rocker flamboyant. Qu'il ait su ou non quelque chose sur la mort d'Élise ne changeait rien. Notre négligence alourdissait encore le poids de sa mort.

— Nous irons tous les deux, ai-je proposé.

Peut-on apprendre la mort de son fils et continuer à vivre ? Le chagrin la rendrait-elle encore plus belle ou bien se décomposerait-elle sous nos yeux, soudain trop lasse d'assumer son éclat ?

Pourquoi m'avaient-ils épargné ?

Bandry haussa les épaules. Le silence de l'hôtel de police, le calme du boulevard Victor-Hugo à l'heure où les gens de la nuit entrent dans le sommeil avant que ceux du jour n'en sortent. Le sentiment d'être les seuls au monde à veiller sur la ville…

— Ils ne t'ont pas épargné. Ils avaient un contrat : tuer Brissac. Pas la moitié du département. De toute façon, ils étaient là bien avant toi. Sinon, tu les aurais vus arriver.

Exact. Le parking n'avait qu'une issue et aucune voiture ne pouvait y entrer sans passer obligatoirement devant moi. Ils devaient être en place avant même le fourgon de police.

— Stan et Ollie ? Je les ai attendus jusqu'à onze heures en face du Saint-Ram's. Ils ne sont pas venus.

Il hocha négativement la tête.

— Pas leur genre. Et puis, ils n'auraient jamais accepté un contrat si près de leur base.

J'ai revu le maigre me tendant la bouteille de scotch, épongeant mon front, m'installant sur mon lit. Je l'aimais bien, ce type. On venait du même endroit. Une frange de monde où les actions comptaient moins que la manière dont on les accomplissait.

— J'aime autant. Et maintenant ?…

— Rien n'a changé, Phil. Tu peux encore t'arrêter à chaque minute et choisir de continuer parce que rien ne t'y oblige. Tu peux faire l'objet d'un prochain contrat. Tu peux aussi disparaître. Quitter la ville ou y rester. Attendre que le passé resurgisse ou bien te ruer à sa rencontre. Tout ça n'a plus d'importance, Phil. Cette histoire nous a déjà dépassés.

Le passé… La mort d'Élise, les visages de ceux qui l'avaient aimée. Et ce cahier bleu qui plongeait dans le temps et s'y arrêtait brusquement comme s'il y avait rencontré une vérité insupportable, une raison de mourir au présent.

Bandry avait raison. C'est le passé qui nous dépasse.

— Et toi ?

— Cette ville a besoin d'un flic et moi j'ai besoin de toi. You see what I mean ?

Toujours la même vieille plaisanterie. Le trait d'union entre mes amitiés écartelées.

— Tu pourrais démissionner.

— À quoi bon ? La suppression d'un garde-fou ne fait pas disparaître le précipice.

20

Elle ne s'est pas affaissée. Elle n'a pas crié, pas même pleuré. Elle s'est simplement lézardée comme le fronton d'une cathédrale sous le poids d'un siècle supplémentaire. Nous la regardions, muets, pétrifiés par le spectacle de cette dignité dont nous guettions avidement les faiblesses.

L'ingénieur était déjà parti. Il apprendrait la mort de son fils comme il avait appris le reste de sa vie. Au milieu des symboles de sa réussite. Son fils dont il ignorerait toujours la grâce aérienne quand les sunlights le nimbaient de lumière et que la musique coulait de ses doigts, escaladait la nuit comme l'échelle fragile d'un petit prince électrique.

— Il vaut mieux qu'il ne soit pas là, dit-elle en me regardant.

J'ai baissé les yeux. La douceur de sa voix, le cheminement parallèle de nos pensées, cette intimité que j'avais l'impression de voler.

— Et vous ? ai-je murmuré.

— Moi ? Je tuerais la terre entière si ça pouvait servir à quelque chose. Nous nous sommes déjà tout dit, et je ne retire rien. Vous n'êtes pas responsable de la mort de mon fils.

Nous l'avons suivie dans un petit salon. Son odeur se mêlait aux notes d'un prélude de Chopin. Le soleil glissait sur les rideaux. Ma montre immobile indiquait minuit moins le quart. Le début du compte à rebours pour Philippe-Henri de Brissac. Bandry faisait son métier, Lucie le sien. Il lui posait des questions. Elle nous fit servir du café. Non, elle ne savait rien, excepté le fait qu'il y avait sans doute quelque chose à savoir. Philippe-Henri semblait inquiet. Il lui parlait fréquemment d'Élise, de ses voyages, de cette sorte d'autisme dans lequel elle semblait s'enfoncer. Si Philippe-Henri avait eu connaissance de faits plus précis, il ne lui en avait jamais parlé et elle n'avait pas posé de questions. C'étaient là les termes de leur pacte. Ne jamais forcer les confidences. Un pacte dont ma mère et moi usions sans jamais l'avoir énoncé. Ma mère qui serait morte de m'avoir perdu. Comme mourrait Lucie, quand nous l'aurons quittée. Non. Pas d'histoire d'argent. Élise était riche sans en avoir besoin. Elle n'avait appris l'existence de la lettre qu'après la mort d'Élise. Quand Philippe-Henri la lui avait montrée et sollicité ses conseils. Oui, c'était elle qui l'avait engagé à parler à la police. Elle ne comprenait pas. Sa voix était ferme, prête à se briser. Le dernier combat. Déjà la mort aux commissures. Ils parlaient et le soleil ne parvenait pas à réchauffer la pièce. La chambre de son fils ? Bien sûr. Nous n'avions qu'à la suivre. Elle se lève, elle marche, le corridor l'enserre comme une châsse. Elle ouvre les rideaux pendant que Bandry fouille. Je la regarde, une fois de plus nous nous comprenons et je baisse les yeux. Le soleil nous inonde. Mick Jagger sur un mur, Morrison sur un autre, une guitare, les livres, un disque sur la platine, une photo d'Élise à côté de la sienne, l'angle de deux chaussures retirées à la hâte.

Elle a pour découvrir des yeux d'éternité.

Il n'y avait rien. Rien qui nous concernât. Elle nous a raccompagnés à la porte. Elle nous a souri. Je connaissais ce sourire. Il reflétait déjà cette paix que je n'ai cessé de fuir depuis le jour où je l'avais vu rôder sur les lèvres de ma mère.

Alain conduisait. Un soleil oblique transperçait la ville. Nous évitions de nous regarder.

— Tu n'as rien remarqué ?

Quoi d'autre que la mort ? La détermination de ne pas survivre. Je n'avais vu qu'elle.

— Je n'ai vu qu'elle.

— Rien d'autre ?

— Non.

— Une lettre sur le bureau du gosse. Une simple phrase signée d'un « E ».

— Tu l'as prise ?

— Non. Mais j'ai appris la phrase par cœur : *« Te souviens-tu de cette lettre de Sénèque que nous avions traduite en première : "Voyager n'est pas guérir son âme. La mienne est pourtant guérie. Calcinée jusqu'à l'os par le soleil d'Afrique." Je rentre. E. »*

Nous connaissions cette lettre. Nous l'avions, nous aussi, traduite à l'âge où Élise et Philippe-Henri l'avaient fait. Le texte m'en revenait presque intégralement. C'était une belle lettre, une de celles que chacun d'entre nous rêvait un jour d'adresser à un ami.

— Tu te souviens du vieux Lacombe ? sourit Bandry.

J'ai hoché la tête.

— Les crevasses du temps... J'en rêve toujours.

Lacombe. Notre vieux prof de latin. Tout le monde le croyait fou. Il nous parlait de Virgile, de Lucrèce et de science-fiction. C'est lui qui nous expliqua, un jour, que le temps n'était qu'un bloc immobile fissuré de crevasses au sein desquelles les hommes défilaient comme l'eau d'un fleuve.

— Laisse-moi là, je vais continuer à pied.

— Où vas-tu ?

— J'en sais rien. Mais sûrement pas chez les flics. Il y a des habitudes qu'il vaut mieux tuer dans l'œuf.

Il s'arrêta dans Desambrois, juste en face de la Maison des Nains.

— Téléphone-moi.

Il avait l'air inquiet.

— Au prochain cadavre, c'est promis.

J'ai marché jusqu'au pont Barla. Vers la rive gauche du Paillon. J'ai descendu la rue Barla jusqu'à la place Max-Barel, lieu traditionnel de dislocation des grandes processions réformistes. C'est de là que nous partions nous faire tabasser par les hordes bleues et casquées après avoir tenté d'entraîner les masses dans notre sillage. C'est là que j'ai appris que l'insurrection est un plaisir solitaire comme l'onanisme, la défonce et, à en croire le manuscrit d'Élise, l'écriture. Le boulevard Saint-Roch était dans l'ombre. Tout au bout le soleil jouait dans les losanges d'acier du pont de chemin de fer. Le thème de *It's Over Now* jonglait dans l'air, en contretemps des pétarades des mobs. J'ai suivi la musique jusqu'à l'intérieur d'un petit rade. Deux mastards gominés en Perfectos et Levi's râpés se déglinguaient au rock et à la bière. J'avais faim.

Je me suis rempli de sandwiches et de bière. C'était comme si je reprenais enfin mon souffle, comme si j'avais fini par trouver une aspérité dans la crevasse. Les deux mastards ne parlaient pas. Alternativement, nous nous levions pour approvisionner le juke-box et la régularité de cet accord tacite prit bientôt des allures de convention, un rite où communiaient sous les deux espèces du rock et de la Kronenbourg un clodo et deux zonards.

Ils craquèrent les premiers. Je les ai vus partir d'un même mouvement silencieux, comme s'ils obéissaient à quelque sollicitation animale. Eux partis, la réalité me reprit au collet. J'avais froid. Le juke-box muet cliquetait inutilement dans le troquet soudain triste. C'est monté comme une marée glacée, une invasion de certitude. Lucie était morte.

Le long du boulevard, j'ai rampé jusqu'à la rue Barbéris. Les immeubles et le ciel formaient un angle bizarre. Le trottoir charriait des platanes entrelacés. Qu'avais-je donc à voir avec tous ces morts qui n'étaient pas les miens ?

La rue Barbéris se termine par un mur. Un mur de pierre et de fleurs. Il y a aussi le garage de Max et comme Max est le seul mécano qui accepte de soigner mes épaves, je me retrouve si souvent devant ce mur que j'en arrive à me demander si toutes les rues ne se terminent pas par un mur.

Je suis reparti par le côté ouvert dans une Rover pourrie et avec l'assurance que ma Jag serait dépannée et prête dans les deux jours. Max tient toujours ses délais. Sans doute parce que je suis son seul client.

La montre du bord était cassée. La mienne aussi. La pendule de la gare Riquier indiquait seize heures.

J'ai trouvé une place juste devant ma porte. Ça ne voulait sans doute rien dire. Comment savoir ?

Nicole tapait sur sa machine. Je suis passé devant elle sans m'arrêter. La lampée de scotch me traversa comme si j'étais un entonnoir. Je récidivai. Cette fois-ci, une ombre de chaleur consentit à m'éclairer l'intérieur.

— Vous avez l'air d'un dingue.

Elle se tenait dans l'embrasure de la porte.

— Je suis un dingue. Quelque chose d'autre ?

— Des téléphones…

— Laissez tomber, ma ligne est coupée. Apportez-moi plutôt le chèque d'Horville.

— Il est dans le dossier. Sur votre bureau. À côté de la bouteille.

— Merci.

J'ai trouvé le numéro de Luc d'Horville dans son dossier. La sonnerie retentit longtemps.

— Hello ! Lisbeth d'Horville is speaking.

— Philippe Clerc, madame. J'aimerais parler à votre mari.

— Oh, vous êtes l'incendiaire ?

— Non, madame. Simplement l'assureur.

Son rire me fit l'effet d'un solo de tigresse en rut.

— Pardonnez-moi, Phil. Quand je suis soûle, je dis n'importe quoi et je suis soûle chaque fois que le soleil se couche.

— Vous êtes en avance, dis-je en jetant un coup d'œil sur ma fenêtre.

J'écartai légèrement l'écouteur de mon oreille sans, toutefois, parvenir à atténuer les conséquences érotiques de son rire.

— Chez moi, il est couché depuis longtemps. Ça vous dit de venir vérifier ?

— J'adore les éclipses, madame d'Horville. Une autre fois peut-être.

— Il n'y aura pas d'autres fois, monsieur Clerc.

— Tant pis, j'adore aussi les regrets.

— Luc est à son bureau. À bientôt, monsieur Clerc.

Elle raccrocha doucement. Même la tonalité me parut rauque.

— D'Horville frères. À votre service.

Voix d'aéroport. Téléphone à touches. Acier et moquette.

— Luc d'Horville. Pour Philippe Clerc.

— Monsieur d'Horville est en conférence. Veuillez laisser votre message.

Accent tonique sur le « Monsieur ». Bien dressée, l'esclave.

— Dites à d'Horville que s'il ne m'a pas rappelé dans les cinq minutes, je bouffe son chèque. En commençant par les zéros.

J'ai raccroché. Mon scotch avait un goût de pansement dentaire. Mon univers semblait tiré au cordeau. Au bout de deux minutes, Nicole m'appela sur l'interphone.

— Luc d'Horville.

— Faites-le patienter.

J'ai grillé une cigarette en regardant le soleil se balader sur mes reproductions de Kandinsky. J'y ai encore découvert quelques trucs.

— Clerc à l'appareil.

— Vous êtes un sacré emmerdeur, Clerc !

— C'est le seul luxe qui ne me coûte pas trop cher. J'ai votre chèque.

— Le solde ?

— Oui.

— Et vous tenez à me le remettre en mains propres.

J'ai ricané.

— Ne me tentez pas, mon vieux. J'aime bien vanner, mais là c'est trop facile.

Il eut un bon rire.

— Je vous emmerde. Dans une heure, chez moi. On arrosera ça.

— Si vous voulez rattraper votre femme, vous avez intérêt à vous y mettre tout de suite.

— Pourquoi vous vous mêleriez pas de vos oignons ? Juste pour une fois.

— Parce que j'en ai pas. À tout de suite, cher client.

J'ai demandé à Nicole de me préparer une quittance d'indemnité. En attendant, je suis allé faire un tour du côté de mon miroir. Si Lisbeth d'Horville persistait à vouloir me faire admirer son coucher de soleil, c'est qu'elle recrutait ses amants de passage dans les bouches d'égout. Je fourrai la quittance et le chèque dans ma poche.

Nicole m'arrêta sur le pas de la porte.

— Geneviève d'Orlac, dit-elle en désignant le téléphone.

Je la pris dans mon bureau. Sa voix ressemblait à une vieille pomme.

— Lucie est morte.

— Je sais.

— Qui vous l'a dit ?

— Elle.

— Vous l'avez vue ?

— Ce matin.

J'ai laissé le silence s'étirer. Le crépuscule descendait sur ma fenêtre.

— Qu'est-ce que vous comptez faire ?

— J'ai bien pensé à poser mes mains sur son cercueil, mais je ne suis pas sûr que ça marche.

— Je ne trouve pas ça drôle.

— Moi non plus. Restez chez vous et ne parlez du manuscrit à personne. Je vous rappellerai dès que possible.

21

La rogne me lâcha à la sortie des embouteillages du centre-ville. Finie la frime et même pas de musique pour freiner le délabrement de mon univers. J'ai bu un scotch ou deux dans un troquet de la place du Commandant-Jérôme. Sardou dans le juke-box et le patron qui me matait comme une scorie oubliée sur le comptoir. J'ai grimpé vers Cimiez, le paradis du blé. Avenue Scudéri. Une petite rue ombreuse, calme comme le luxe. Je me suis garé devant le Chambord. Quatre étages, quatre occupants. L'œil rond d'une caméra au-dessus des sonnettes. Des moquettes plein l'ascenseur. Un Westinghouse customisé. Sortie sur la terrasse, sous un dais de verre et de fleurs. Un larbin à la porte, rayé comme un frelon. Pas de manteau, pas de chapeau. Juste cette trouille qui me serrait les tripes. Je me voulais furax, tranchant comme un tesson. Loupé.

— Entrez, monsieur Clerc.

Il portait une veste d'intérieur en shantoung noir. Le genre de truc qu'on voit dans les films américains à gros budget. Il me tendit une main. Celle qui ne tenait pas de verre.

— Excusez-moi. Nous ne vous avons pas attendu.

Je suis entré dans une grande pièce, blanche du sol au plafond. Des lampes halogènes subtilement réparties rehaussaient d'une touche d'or pâle la laque immaculée des meubles et des murs. Une bibliothèque chargée de livres en désordre donnait à l'ensemble une chaleur curieusement familière. Nous avions les mêmes goûts picturaux. À cette différence que lui pouvait se payer les originaux. Je reconnus deux Malaval, un Kandinsky, un Duchamp plus quelques autres que je ne parvins pas à identifier.

— Je suis au Martini. Qu'est-ce qui vous ferait plaisir ?

— Du lait, dis-je bêtement.

C'était pas ma meilleure réplique mais il l'honora quand même d'un sourire.

— Je comprends que vous soyez surpris. Le blanc est la seule couleur qui puisse révéler vraiment la pureté de ligne des meubles contemporains.

— C'est très beau, dis-je sincèrement. Et le Martini m'ira parfaitement.

— Comment l'aimez-vous ?

— Sec.

Il approuva, se dirigea vers le bar, ce qui représentait un déplacement analogue à celui que je devais faire chaque matin pour aller de mon bureau aux boîtes à lettres de l'immeuble.

— Le frère de ma femme prétend que la meilleure façon de confectionner un Martini consiste à enfermer dans le placard le gin et le vermouth.

— C'est marrant, le fils de ma concierge dit la même chose. Peut-être qu'il connaît votre beau-frère.

Le Martini était bon. Sec à vous friser les gencives.

— Rien ne vous oblige à m'aimer, Clerc. Mais nos rapports sont suffisamment épisodiques pour que vous me fassiez grâce de votre agressivité.

— Impossible. J'ai peur d'en perdre l'habitude.

— Peut-être que vous avez peur tout court.

Bien sûr que j'avais peur. Peur de cette puissance, de ce luxe, de ce goût, peur de ce qui nous rapprochait. De ces tableaux que j'aurais aimé posséder, du fouillis de cette bibliothèque dont je savais que j'y trouverais plus de raisons de l'aimer que de le haïr. Peur de cette politesse castratrice que savent si bien manier ceux qui l'ont inventée et qui leur permet de régner encore et toujours sur ceux qui se prennent les pieds dans les fourchettes à escargots. Bien sûr que j'avais peur. Une peur ancestrale. Celle du serf.

— La peur peut changer de camp, d'Horville.

— Vous retardez, mon cher. Il y a longtemps que les révolutions ne sont plus qu'une manière comme une autre d'amuser le peuple. Asseyez-vous donc, reprit-il, et lâchez votre verre. La véritable insolence s'accommode parfaitement du confort.

Je me suis posé sur un canapé de soie blanche qui, en dépit de ma raideur, m'engloutit tout entier.

— Qui vous parle de révolution ? C'est vous qui avez associé ce chiffon de l'histoire à la peur. Pas moi.

— Juste, sourit-il. Masséna m'a parlé de vous, monsieur Clerc. Il fait grand cas de votre intelligence et de votre culture. Et dans ce domaine, Masséna sait de quoi il parle.

— Dans d'autres aussi. Il vous considère comme une fripouille.

Il haussa les épaules.

— Encore un mot qui ne signifie pas grand-chose. Masséna en est une aussi. Il est pourtant votre ami.

— Ça prouve simplement que l'honnêteté n'est pas un de mes critères déterminants.

— Quels sont-ils alors ? Une jeunesse commune ?

Je lui souris.

— Dans votre cas, je doute que ça suffise.

Malgré mes efforts, ces bon Dieu de coussins me suçaient en arrière. J'ai fini par me laisser aller. Désinvolte comme une locomotive dans un garage à vélos.

— Vous me fatiguez, d'Horville. Vous avez suffisamment de fric pour vous payer tous les amis que vous voulez. Vous pourriez même les refiler à votre femme quand ils seront usés. Ça l'aidera peut-être à survivre au coucher du soleil.

Il pouvait me sauter dessus. Nous pesions sensiblement le même poids, il avait l'air en forme et il devait avoir une habitude suffisante des coussinsmarécages pour s'en dégager avant moi. Il se contenta de rire. J'ai regardé le soleil disparaître derrière les remblais de l'aéroport. Mon verre était vide. Il sécha le sien et fit un autre voyage en direction du bar. Il riait encore en revenant.

— Ça vous dirait de travailler pour moi ?

Il était sérieux et moi à court de vannes. Je me suis senti glisser dans le blanc. Rond comme une olive au fond d'un verre de Martini. Une crevasse lisse et rien pour agripper le temps.

— Mon assureur est un abruti, continuait-il. Incapable de faire la différence entre un Klee et une tartine de confiture, entre un texte de Queneau et la liste des commissions. Ça vous dirait de le remplacer ?

Pourquoi pas ? Ça devait faire un sacré paquet. Du fric incolore, pas plus crado que celui que je tripotais d'habitude. Et puis, qu'étais-je d'autre qu'un assureur en visite ?

J'ai ouvert la bouche pour répondre, et elle est entrée.

— Hi, darling. Tu connais Philippe Clerc ? Clerc, je vous présente Lisbeth d'Horville, ma femme.

— Nous connaissons nos voix.

Sa main était chaude. Elle portait une robe blanche qui la couvrait des épaules jusqu'aux pieds. C'était un peu comme un film qu'on aurait projeté de l'intérieur de l'écran. Elle était brune. Son visage mat portait avec sérénité la certitude de sa séduction.

Elle s'empara de mon verre. De loin, elle avait l'air encore plus grande. Elle se déplaçait comme si chaque partie de son corps s'appuyait sur l'air et la propulsait d'un frisson.

Elle plaqua le verre contre ma paume et laissa son regard descendre le long de mon corps. J'avais l'impression que mon costard suivait le mouvement.

— Vous habitez dans un camion, monsieur Clerc ?

Elle était schlass à l'américaine. Déchirée dedans, bétonnée dehors.

D'Horville pouffa :

— J'étais en train de proposer à M. Clerc de s'occuper de mes polices. Il est assureur, tu sais ?

Dans sa bouche, ça ressemblait à une banderille supplémentaire.

— Le soleil est couché, Phil, chantonna-t-elle. Je suis soûle et vous arrivez trop tard. Je suis comme Démocrite, je ne me baigne jamais deux fois dans le même fleuve.

— Je n'aime que les putes.

Il me semble que, sitôt sortie de mes lèvres, ma voix s'était immobilisée, figée, prise par les glaces.

— Mais je suis une pute, demandez à Luc.

— Non, dis-je en pensant à Charo. À Charo et à toutes les autres.

Elle rit, tourna sur elle-même sa robe en corolle. Les coussins ne s'enfoncèrent pas quand elle se posa dessus.

— Vous avez raison. Ce n'est pas le mac qui fait la pute. N'est-ce pas, chéri ? Une ligne, monsieur Clerc ?

Je n'avais pas vu la coke. Un tas de poudre blanche dans une soucoupe blanche sur une table blanche. J'aurais pourtant dû m'en douter.

Lisbeth sniffait à même la cuillère. J'ai regardé la minuscule pyramide de poudre disparaître dans ses narines ouvertes. Elle me tendit la soucoupe. J'ai pensé à Woody Allen. D'Horville souriait.

— Servez-vous largement, Clerc. D'après Masséna, vous n'êtes pas du genre à cracher sur de la bonne dope.

Une traînée d'or rouge surlignait l'horizon comme si le ciel eût cherché à se préserver de l'invasion de la mer. Je me sentais fatigué. Un peu plus libre aussi.

— Gardez votre dope, d'Horville. Et tant que vous y êtes, laissez donc ce mot à ceux qui savent ce qu'il veut dire.

— Vous, par exemple.

Il prit la soucoupe et aspira nerveusement une cuillère de poudre. Je savais l'effet que ça faisait. Ma défonce à moi, c'était la différence. Camé chez les straights, net chez les givrés.

— Par exemple. La dope, c'est comme la politesse. Je ne la pratique qu'avec mes potes.

Lisbeth gloussa. D'Horville avait l'air furax.

— Faites pas cette tête-là, mon vieux. On dirait que vous aimez mieux qu'on refuse votre femme que votre coke.

— Bien jugé, Phil. Mais les deux, ça fait quand même beaucoup. Pas vrai, mon chéri ?

Il lui balança un regard de quinze mille watts. À intensité égale, une gifle l'aurait écrasée contre le mur d'en face.

— Donnez-moi le chèque et déguerpissez, Clerc. Vous avez certainement des tas d'autres gens à emmerder.

C'était comme ça que je le voulais. Je lui ai souri.

— J'accepterais volontiers un autre Martini.

Voyage jusqu'au bar et retour.

À la cadence où ils picolaient, ils auraient intérêt à installer le lieu de production à côté du lieu d'imprégnation. Sans doute un moyen de se donner de l'exercice. J'ai surpris le regard de Lisbeth. Beaucoup d'alcool, pas mal de dope, et une petite pointe d'intérêt étonné. C'est fou ce que j'intéressais les femmes depuis que j'en avais regardé une.

— Finissez votre verre, mon vieux. Pour le reste, mon secrétaire se mettra en rapport avec vous.

La vraie puissance, c'est d'avoir un secrétaire. Tant qu'on n'en a qu'une, on n'est jamais qu'un mégot. Bizarre que les nanas du M.L.F. ne se soient jamais aperçues d'une ségrégation aussi patente.

Je me suis assis sur le grand canapé blanc. J'aurais pu entendre le murmure de ses seins contre la soie.

— Vous ne vous êtes jamais demandé pourquoi on avait foutu le feu à votre maison, d'Horville !

— Mêlez-vous donc de ce qui vous regarde.

— Pour six cents briques, j'ai quand même le droit de m'amuser un peu, non ? Et vous, Lisbeth, vous êtes-vous déjà posé la question ?

Elle se contenta de glousser en attendant la suite.

— Donnez-moi ce chèque et foutez le camp.

— Supposez qu'Élise ait voulu détruire un secret.

— C'est stupide.

— Pas tant que ça. Pour quelle autre raison aurait-elle voulu que la maison brûle ? Elle cherche le secret sans le trouver. Pourtant, elle sait qu'il est là. Alors elle fait tout griller.

— Et elle avec ?

J'ai ricané.

— Vous êtes un grand sentimental. J'ai longtemps cru que vous aviez tué votre sœur. C'était une connerie. En revanche, vous pourriez bien être responsable de l'autre mort.

Il mit du temps à répondre. Pas à comprendre. Je me suis levé. Sa fenêtre donnait sur le vague. La ville vue de haut. L'humanité en gros. Une fenêtre de riche.

— Quelle mort ?

— Celle d'un ami de votre sœur. Philippe-Henri de Brissac. Un gosse qui aimait la vie jusqu'à la mettre en musique.

— Je le connaissais. Sa mère et la mienne étaient très liées. Comment est-ce arrivé ?

— Vous ne savez vraiment pas ?

Il m'a regardé. Il avait l'air triste. J'en connaissais suffisamment dans ce domaine pour savoir que ce n'était pas du chiqué.

— Vous êtes dingue, Clerc.

— On l'a abattu cette nuit à la sortie d'un concert. Deux hommes en Mercedes.

— Et vous pensez que j'aurais pu commanditer ce meurtre ?

— Oui.

— Pourquoi ?

— Brissac connaissait bien votre sœur. Assez bien pour faire progresser l'enquête sur la mort d'Élise. Maintenant, c'est fini.

— Qu'est-ce qui vous a fait changer d'avis pour Élise ?

Rien. La certitude irrationnelle que son assassin ne pouvait se trouver parmi ceux qui l'avaient approchée d'assez près pour l'aimer. Une idée idiote. Plus proche de la métaphysique amoureuse que du raisonnement policier. Mais je n'étais pas flic.

— Rien. Je vous ai dit que c'était une connerie. Par contre, en éliminant Brissac, vous évitez les éclaboussures. Je ne pense pas que votre famille et les affaires qu'elle traite aient besoin d'une enquête de police pour parfaire son image de marque.

Il pouvait sonner son gorille à rayures et me faire balancer dans la cage d'ascenseur. Il pouvait aussi me fendre le crâne à coups de tisonnier ou me raccompagner poliment à la porte en me priant d'aller sarcler mes propres plates-bandes. Il ne fit rien de tout ça.

— Asseyez-vous, Clerc. J'ai besoin de réfléchir.

Lisbeth n'avait pas bougé. Givrée ou catatonique. Peut-être les deux. D'Horville revint avec une bouteille de gin. À vrai dire, je ne l'avais même pas vu partir.

— Sans vermouth.

— Sans vermouth, ai-je acquiescé.

Au point où j'en étais, il aurait pu me perfuser sur une bouteille d'alcool pur sans que ça change grand-chose. Si ça l'aidait à réfléchir, ça ne pouvait pas m'empêcher de penser.

— Autre chose tant que j'y suis. Peu après la mort d'Élise, deux malfrats sont venus chez moi. Un gros et un petit. Ils m'ont attaché à un radiateur et m'ont dérouillé au câble électrique. Comme ça. Sans rien dire. Ils ont juste parlé d'un contrat. C'est marrant, mais j'ai tout de suite pensé à vous.

— J'y ai pensé. Masséna s'y est opposé et de toute façon, ma femme trouvait ça vulgaire. N'est-ce pas, Honey ?

Elle m'a souri.

— Arrêtez de boire, Phil. Ou prenez un peu de ce truc. Si la partie devient trop inégale, elle perdra tout intérêt.

J'ai ricané du mieux que j'ai pu. Vu de l'intérieur, ça n'était pas très brillant. J'ai regardé mes pieds et je les ai trouvés vachement loin. La coke avait une bonne gueule. Rien qu'à la regarder, je sentais mes neurones claper du bec. L'emmerdant, avec les principes, c'est qu'on ne peut jamais y déroger sans y laisser en même temps sa culotte et son pantalon. J'ai bu un coup de gin.

— J'aime bien quand vous souriez. On dirait que vous cherchez à vous envoler.

C'était complètement idiot mais ça lui a fait plaisir. Elle est devenue un peu rose. Dans la pièce, on ne voyait plus que ça.

— Vous avez réfléchi, d'Horville ?

Son verre était vide. Si ce mec pensait aussi vite qu'il picolait, ma visite risquait de tourner au passage de la Bérézina, version accélérée.

— Vous ne vous demandez pas pourquoi vous êtes encore là ? Pourquoi je vous laisse patouiller dans mes affaires de famille, m'accuser de meurtre en commandite, d'entrave à la justice, de fripouillerie caractérisée ? Vous savez combien de temps il me faudrait pour vous foutre à la porte !

— Si, un peu !

— Quoi un peu !

— Vous me posez deux questions. Je réponds d'abord à la première. Je me demande un peu pourquoi je suis encore là. Pour la deuxième, je ne sais pas. Je suppose que ça irait vite. Plus vite qu'au début. Je veux dire quand j'étais encore à jeun.

— J'ai une question à vous poser. Qu'est-ce que vous venez foutre dans tout ce merdier ?

— Non, pas celle-là. Une autre si vous voulez, mais pas celle-là.

— Pourquoi ?

Je me suis entendu rire. Ce devait être moi puisque personne d'autre ne riait dans la pièce.

— Parce que si je le savais, je me le dirais. Ça fait bientôt deux mois que je me pose cette foutue question. C'est long, deux mois. Désolé, mon vieux.

Si vous voulez savoir, faudra prendre la file d'attente.

Lisbeth gloussa. Elle n'était plus rose mais son pif était blanc. J'ai regardé d'Horville, mes pieds, puis à nouveau d'Horville.

— Écoutez, dis-je. On n'arrivera à rien comme ça. Vous ne répondez pas aux questions que vous posez et vous me posez des questions auxquelles je ne peux pas répondre. On va reprendre depuis le début. Je me demande un peu pourquoi vous ne m'avez pas foutu à la porte. Je me le demande même beaucoup.

Il soupira. J'ai fixé sa main droite. Je n'étais pas en état de refuser un autre verre et si je l'acceptais, il ne me resterait plus qu'à brouter la moquette.

— Asseyez-vous.

— J'aime autant pas.

— Vous avez raison.

— De ne pas m'asseoir ?

— Arrêtez de faire l'idiot, Clerc. Vous avez raison. Je n'ai pas tué ma sœur, mais je n'ai aucune envie que les flics et les journaleux viennent fourrer le nez dans mes affaires. J'ai même pensé à commanditer le meurtre de Brissac et le vôtre par la même occasion. Finalement, je ne l'ai pas fait.

— Pourquoi ?

— À votre tour de prendre la liste d'attente. Peut-être parce que je suis incapable d'aller jusqu'au meurtre.

— Vous allez me faire pleurer.

— Ça ne vous ferait pas de mal. Essayez donc de pleurer autant que moi le jour où j'ai perdu Élise. Ça vous aidera à comprendre que les pauvres et les honnêtes gens n'ont pas le monopole de la douleur.

— Je me fous des pauvres, d'Horville. Et je me fous aussi de votre douleur. Elle n'est qu'une merde blanche de plus dans votre univers de cuvette de chiottes. Et elle le restera tant qu'elle n'aura pas suffisamment tordu vos tripes pour vous faire oublier votre foutu business.

— C'est fait. Pourquoi croyez-vous que vous êtes encore là ?

Le silence redescendit sur la pièce. Un silence blanc comme tout le reste. Comme nos deux visages qui se faisaient face et qu'une colère commune avait vidés. D'Horville ne bougeait pas. J'ai compris qu'il s'était surpris lui-même, qu'il s'interdisait tout mouvement avant que son corps tout entier n'ait assimilé la portée de ce qu'il venait de dire. La lune se collait à la fenêtre. J'ai regardé ma montre. Combien de temps m'avait encore échappé ? Ni l'une ni l'autre ne sut me le dire. J'ai marché. Un peu. C'était plus une vérification générale qu'un besoin réel de me déplacer. J'étais plutôt bien dans cette moquette. Ses poils me servaient de racines.

— Ça vous a pris quand ?

— Là, tout de suite. Pendant qu'on parlait. Vous acceptez ?

— Réflexion faite, je crois que je vais prendre un peu de votre truc.

C'est toujours comme ça. On convoite les choses jusqu'à s'en faire péter l'ego et quand on les a, elles prennent le goût du quotidien. Leur coke était bonne, c'était juste mon cerveau qui n'en avait plus besoin.

— Alors, vous acceptez ? insista-t-il.

— Pourquoi moi ?

— Ne m'emmerdez pas, Clerc. Vous y êtes déjà jusqu'au cou et vous n'avez aucune envie de décrocher. La seule différence, c'est que vous le ferez pour moi, avec ma protection et que vous serez payé pour ça.

— Non. La seule différence, c'est que j'aurai une raison de le faire.

— Et alors ?

— Alors rien. Je repose simplement les données du problème.

Il me parut soudain très fatigué. La régularité classique de ses traits se diluait dans les ombres qui cernaient maintenant son visage. Ce fut comme si la tonalité générale de la scène virait au gris. L'impression fugitive d'avoir gagné un match sans que la victoire m'en appartienne. Tout gosse, je jouais déjà comme ça. Jusqu'au bout. Jusqu'à la mort des règles. C'était facile avec d'Horville. Presque trop. Il voulait qu'on l'aime. Pas moi.

— Viens t'asseoir, Luc. Maintenant, ça n'a plus d'importance.

Il alla se poser contre elle. Soie contre soie. Noir contre blanc.

— Asseyez-vous aussi, monsieur Clerc. C'est bien comme ça que ça marche, non ? En bonne chevalerie, le dernier debout remporte le tournoi ?

Et la tendresse va toujours au vaincu… Dans ses bras, il paraissait plus grand. Elle posa ses lèvres sur ses cheveux. Cette nuit, elle l'aimera, il y aura dans la douceur de ses caresses tout le mépris qu'aura engendré ma prétendue victoire. J'en aurais gerbé.

— Qu'est-ce que vous me voulez exactement, d'Horville ? De quoi avez-vous besoin ? D'un assureur ou d'un flic privé ? D'un larbin ou d'un tueur ? Si vous voulez vraiment savoir qui a tué votre sœur, rien de plus facile : cessez de faire pression sur la police et laissez Bandry s'occuper du dossier. Il épinglera l'assassin et si vous n'avez rien de plus à vous reprocher que ce qui fait la prospérité de notre bonne ville, il vous foutra la paix.

— Je vous l'ai déjà dit. Je ne veux pas que la police se mêle d'enquêter sur ma famille.

Elle le tenait toujours dans ses bras. On aurait dit une grosse mouche noire prise dans la toile d'une araignée albinos. J'ai ricané.

— Bien sûr. Pas de lardu républicain dans votre aristocratique caca. C'est d'accord, mon vieux. J'accepte de ramasser les balles et les étrons à votre place. Mais c'est moi qui fixe les conditions.

— Allez-y.

— Vous gardez votre fric et vos protections. Vous vous contentez de répondre à mes questions et vous demandez à votre frangin d'en faire autant.

J'ai récupéré son regard. Il avait l'air un peu moins faraud.

— C'est idiot…

— Pas tant que ça. Je ne sais toujours pas pourquoi je fais tout ça. Mais je sais quand même pour qui je ne le ferais pas.

— Compris. Rien d'autre ?

— Si. Je ne vous dois rien et encore moins la livraison de l'assassin. Si je le coince, vous l'apprendrez en même temps que tout le monde et ça comprend aussi les flics.

Il hésita. Juste assez pour entrevoir la possibilité d'un coup tordu.

— D'accord.

— Gardez vos approbations. Si je ne le fais pas avec vous, je le ferai sans vous et dans ce cas, je pourrai bien me mettre à ratisser plus large. Si vous voyez ce que je veux dire.

Il voyait. Moi, pas très bien. Jusqu'où pourrai-je continuer à bluffer… ? Lisbeth avait l'air de se poser la même question. Beaucoup trop de femmes dans cette histoire… J'ai continué :

— En revanche, et si vous coopérez, je m'engage à garder le secret absolu sur tout ce qui n'aura pas trait directement à la mort d'Élise.

— Comment ferez-vous ? dit Lisbeth. Vous ne savez pas encore qui l'a tuée.

— Je pensais que nous avions éliminé cette question. C'est un tueur que je cherche. Pas la Justice.

— Et si vous trouviez les deux ? Voilà bientôt deux mois qu'elle est morte, monsieur Clerc. Deux mois pendant lesquels vous n'avez pensé qu'à elle. Ne me dites pas que vous ne vous êtes jamais demandé si la véritable Élise était bien celle dont vous avez religieusement épinglé l'image dans votre petit panthéon personnel. Vous êtes un genre de chevalier, mon petit Clerc. Un preux aussi con que tous ceux qui vous ont précédé. Vous imaginez la tête de Perceval découvrant que le Graal n'est qu'une barrique bouffée par la pourriture et sa dame d'amour une salope à l'âme plus noire que cette pièce est blanche. Moi, j'y pense toujours à chaque fois que je rencontre un héros et si ce genre de truc arrive, je donnerais bien tous les couchers de soleil contre celui-là.

Un discours sans colère. Un peu triste. Celui de quelqu'un qui avait renoncé à la beauté du rêve pour échapper aux douleurs du réveil. Je me suis dit que tout compte fait, j'aurais bien aimé voir disparaître le soleil en sa compagnie.

— C'est une possibilité, dis-je en pensant aux diables de Tex Avery répondant au Loup-Hitler qui leur demandait s'il était en enfer. Je n'oublierai pas de vous faire signe.

— Vous en aurez besoin, sourit-elle. Je choisirai la chambre. Un rez-de-chaussée sur une pelouse épaisse.

Je lui ai rendu son sourire. C'était comme une poignée de mains échangée à distance par deux potes enchaînés à deux chiourmes qui se croisent. Mes pieds ont recommencé à se barrer. Mauvais signe, ça. Quand la façade s'éparpille, c'est que l'intime n'est pas loin de s'effilocher.

— Pour les questions, je reviendrai. À moins que je ne vous demande de passer. Ça vous changera. J'ai quelques tableaux, vous verrez. Rien que des faux. J'ai une fenêtre aussi. Ah ! j'oubliais. Votre chèque.

Le larbin ne dormait pas. Il m'a tenu la porte de l'ascenseur. Avant de monter, je me suis quand même assuré de la présence de la caisse. On ne sait jamais. Elle y était. J'ai appuyé sur le dernier bouton et je me suis mis à descendre beaucoup plus vite que tout le sacré bouzin. De nuit, la Rover avait une drôle d'allure. Du genre citrouille en bouillon Kub pour Cendrillon carrée. La radio ne marchait pas, le moteur non plus. J'ai quand même couvert les cognements de l'un par le grésillement de l'autre. C'était pas mal. Plutôt moderne, façon minimaliste. La ville s'est mise à défiler. Pour une fois, elle fit ce que j'attendais d'elle. Sauf qu'elle était très large en bas et qu'elle avait tendance à s'étrécir vers le haut. Il m'avait semblé qu'à l'aller c'était le contraire. Comment savoir ?

J'ai trouvé la mer en face du jardin Albert-Ier. C'était bien là que je l'avais laissée la dernière fois. La lune y baladait ses pinceaux. Tout même, je m'étais juré qu'un jour, j'irais me baigner là-bas, en plein dans le reflet. Encore un de ces trucs qu'on oublie de faire. Comme de mettre du sel sur la queue des poissons, ou de passer entre les gouttes un jour d'orage.

La porte de mon appartement était ouverte. Nicole avait dû oublier de la fermer. J'ai vu de la lumière et je suis entré quand même. C'était une erreur. Quelqu'un avait renversé ma piaule. C'était plein de tout partout. Il y pleuvait même des menhirs.

22

Des menhirs, il en restait juste un. Un gros. Bien long, bien gris. Il avait l'accent corse et semblait au mieux avec ma secrétaire.

Le menhir affirma que j'étais réveillé. C'était un point de vue. Il ne m'appartenait pas de le discuter. Seul un mégalithe vertical pouvait apprécier l'état de veille chez un de ses confrères horizontaux. Et si nous étions la conscience minérale du cromlech ?

— Phil… dites quelque chose.

J'avais un peu de mal à la situer. Une éphémère trace jaune, la caresse des ajoncs contre la rude éternité du granit… C'est vrai qu'elle était blonde, ma Nicole. Et chaude aussi. Blonde et chaude comme un soleil familier qui veillait sur chacune de mes descentes au coltar.

— Bienvenue à Stonehenge, princesse des elfes déglingués. Ça fait deux fois que vous me ramassez par terre. Vous avez un secret ou quoi ?

— Aucun, sourit-elle. Essayez donc d'aller vous faire assommer ailleurs que sur mon lieu de travail et vous verrez.

— Comment allez-vous ? dit le menhir.

En fait de mégalithe, c'était plutôt un mégabide. La monumentale bedaine du Dr Murracioli, empaquetée comme d'habitude dans la flanelle exténuée de son costard.

J'aimais bien Murracioli. Il habitait deux étages au-dessus du mien et passait la moitié de son temps à picoler pour oublier que la réalité et les théories métaphysiques qu'il potassait pendant l'autre moitié étaient aussi superposables qu'un triangle isocèle et une benne à ordures. De temps en temps, il me faisait participer à ses séances de travail. J'y avais acquis un grand respect pour la métaphysique appliquée.

— Vous allez rigoler, doc. Je vous ai pris pour un menhir.

— Normal. Les Bretons ont toujours été aussi dingues que les Corses. Comment vous sentez-vous ?

J'aurais préféré qu'il parle d'autre chose. N'importe quoi de moins personnel que cette sensation de flotter loin de ses amarres comme un cerveau vivant dans un bocal de sérum.

— C'est vous le toubib. Mouillez-vous un peu pour une fois.

Il s'est mis à rigoler. Vu d'en bas, ça ressemblait aux convulsions d'une amibe tentant une scissiparité difficile.

— Plutôt bien pour quelqu'un qui commence sa soirée à la gnôle et la termine au trauma crânien. Si ça vous intéresse, j'ai pû reconstituer votre défonce. Pour la gnôle ! pas de problème, c'était du gin. Du bon. À l'odeur, je pencherais pour le Tanqueray. Pour le trauma, j'ai peur d'être moins brillant. Crosse de pistolet, ça c'est sûr... Mais pour ce qui est de la marque et du calibre, je sèche.

— On ne peut pas être bon partout... Par contre, vous pouvez peut-être m'expliquer pourquoi le cocktail gin-trauma m'a laissé la tête aussi légère que celle d'un crétin végétarien ?

— Morphine. Vous inquiétez pas. Dans quelques heures, vous appellerez votre mère. D'ici là, tâchez d'oublier que vous avez un crâne.

J'ai cherché à me lever. Autant essayer de descendre d'avion pour piquer un cent mètres sur la couche de nuages. J'ai fermé les yeux. Quand je les ai rouverts, ils étaient partis.

Le plafond de ma chambre naviguait dans la brume, croisait de loin en loin des îlots de conscience. Un océan sans rives pour une barque sans vigie. Comme la plume d'Élise dans le blanc du cahier. Comme cet avion sur la houle verte et qui découvre soudain que les falaises existent, inévitables, dans le plus lisse des espaces. J'aurais voulu dormir. Je guettais la douleur. Le retour de la vie dans un monde blanc hanté de Perceval candides percutant des barriques d'où s'échappaient des flux décomposés d'illusions.

*

La douleur revint. Je l'ai traînée jusqu'aux rectangles d'ombre des carreaux de ma fenêtre.

Nicole avait rangé l'appartement. Chaque chose avait retrouvé sa place, pourtant je déambulais au sein d'un immense désordre intérieur comme si le plus parfait des ménages eût été impuissant à faire disparaître les traces profondes de l'intrusion.

J'ai récupéré le manuscrit où je l'avais laissé. Dans un sac plastique recouvert par une couche de spaghettis à l'huile figés par l'oubli sur une étagère de la cuisine.

La nuit était froide. Les autos se hâtaient. Quelqu'un avait cassé le déflecteur avant droit de la Rover. Répandus sur la banquette, les éclats de Securit captaient la lumière des réverbères. Ainsi jonchée de diamants, ma voiture avait l'air plus riche que quand le voleur l'avait forcée.

J'ai dîné au Saf-Saf. Couscous et jus de pomme. Dehors, la voirie raclait la ville. Dedans, le vacarme berbère n'était qu'une ligne uniformément lisse. J'avais envie de violence. D'explosions noires et glacées. Johnny ne voulut pas me donner d'arme. Il en avait pourtant qu'il confiait parfois à de sombres visages qui venaient chez lui après la fermeture et sur lesquelles se lisaient encore les traces du keffieh.

J'ai roulé jusqu'au Saint-Ram's. Le froid s'engouffrait par la brèche. Les éclats de verre s'installaient dans ma peau. Je me suis garé devant le bar. La douleur n'était plus qu'un unique tumulte. J'ai vomi dans le caniveau sous le regard complice d'une pute sans âge.

J'ai poussé la porte, le froid sur mes talons. Personne que je connaisse. Une dizaine de visages blêmes sous la douche des néons. J'ai commandé un Vichy et j'ai fermé les yeux. Jusqu'à ce qu'ils partent. Tous.

— C'est fini. On ferme.

Il était tout seul. La fatigue et l'impatience lui donnaient l'air mauvais.

— Je cherche deux types. Un maigre et un gros. Toujours ensemble. Genre Laurel et Hardy. Ils traînaient toujours ici jusqu'au jour où ils ont cessé d'y venir. Ça doit faire un mois. Vous voyez ce que je veux dire ?

— Adresse-toi aux objets trouvés. Casse-toi, on ferme.

Inutile d'insister. Il avait l'air trop crevé pour songer à avoir peur. Je me suis levé. En passant devant lui, je lui ai balancé mon coude dans le plexus. Il s'est mis à genoux. Je l'ai cogné encore. Une fois sur le nez, une autre derrière l'oreille. Il s'est étalé dans la sciure et les mégots. Je lui ai versé mon Vichy sur la gueule. Il a ouvert les yeux. Maintenant il avait peur. De moi et des autres. Je lui ai écrasé les doigts à coups de talon, histoire de faire pencher la balance du bon côté. Il m'a donné le nom d'un meublé. Du côté de Saint-Augustin. J'ai fait le tour du bar et j'ai ouvert la caisse. Tout au fond, j'ai trouvé une matraque et un pétard. J'ai pris les deux. Avant de partir, j'ai traîné le gars dans le placard à balais et je l'y ai enfermé en compagnie d'une bouteille de cognac.

Mes mains tremblaient sur le volant. J'aurais bien vomi encore un peu mais j'étais bien trop vide pour ça.

J'avais vécu à Saint-Augustin. Une année complète dans un petit studio que je partageais avec une fille qui m'avait laissé tomber pour suivre un croupier monégasque. La dernière fois que je l'avais vue, elle essayait de faire rentrer un pékinois dans une grande Mercedes blanche.

D'un côté, la voie rapide et la ligne de chemin de fer, de l'autre la Promenade et l'aéroport. Un quartier plutôt tranquille pour ceux qui peuvent dormir entre le passage du dernier camion et l'envol du premier jet.

Je connaissais bien le meublé. À Nice, tous les amateurs de putes le connaissent. J'ai sonné. Le bignole eut l'air un peu étonné de me voir arriver seul. Ses yeux ressemblaient à des trous de serrure. J'ai mis un pied dans la porte et j'ai poussé juste assez pour qu'il puisse voir la couleur de mon fric.

— Deux réguliers. Un gros et un maigre. Ils sont là ?

Un hochement de tête apeuré.

— Dans la même chambre. Qu'est-ce que vous leur voulez ?

J'ai poussé un peu plus. C'était facile. Sa main droite essayait déjà d'attraper les billets.

— Depuis longtemps ?

— Une heure ou deux. Pas de bagarre, hein ?

Je suis entré. Ça sentait le vieux papier peint, la crasse humide et le sanitaire d'époque.

— Vous avez un passe ?

Il hésita.

— C'est plus cher.

— Moins qu'une porte.

Il rafla l'argent et me tendit une clé.

— Premier étage. Deuxième porte à gauche. Le 12.

— Merci. Oubliez-moi et j'oublierai comment je suis entré.

Il acquiesça. Avec la peau de son visage, on aurait pu fabriquer des quintuplés de bonne taille.

Les marches grinçaient. Tout grinçait dans cette taule. Des sommiers à la tuyauterie…

Pas de lumière sous la porte. Mes doigts tremblaient un peu. Une odeur de sommeil, d'eau de toilette et de pieds sales. Au fond, le souffle en stéréo des deux malfrats. Le gros dormait, la bouche ouverte. Je l'ai cogné juste derrière l'oreille. Il s'est enfoncé un peu plus dans le mauvais matelas. Dans la pièce à côté, une voix monocorde simulait l'extase. J'ai posé le canon de mon flingue sur le front de Laurel et j'ai allumé la lumière.

— Ne bouge surtout pas… !

Sa main droite s'est arrêtée net. Il a ouvert les yeux.

— Glisse ta main sous l'oreiller. Maintenant, donne-moi ton pétard. Par le canon.

Un 38. Je l'ai glissé dans ma ceinture.

— Debout maintenant !

— Comment m'as-tu retrouvé ?

J'aimais bien sa façon de sourire. Dans une des poches de son pyjama j'ai trouvé un cran d'arrêt. Ça, j'aimais moins.

— J'ai un peu cherché. Assieds-toi sur le lit de ton pote. Les mains bien en vue.

Un filet de salive coulait de la bouche du gros. Autour de son oreille, son crâne ressemblait à une plantation d'aubergines. Laurel a continué de sourire.

— Beau boulot ! apprécia-t-il. Je me demande bien pourquoi tu perds ton temps dans les assurances.

Moi aussi. Un jour ou l'autre, il faudra bien que je fasse le compte de toutes les questions sans réponses.

De l'autre côté de la cloison, l'amour et son souvenir coulaient dans la bonde d'un bidet indiscret.

Nous nous sommes regardés sans rien dire. J'ai enfoui mon pétard dans un oreiller encore chaud et j'ai posé le tout sur son genou droit.

— Tu perds ton temps, Clerc. Le type m'a téléphoné. Il fallait simplement que j'aille poste restante chercher le fric et les instructions. Juste un contrat. Je te l'ai dit.

— Quelle poste restante ?

— Thiers.

— Et c'est pour ça que vous vous planquez depuis un mois ? Je te laisse une minute, Stanley, avant de t'éclater le genou droit. Puis encore une minute et je démolirai le gauche. Ensuite, je réveillerai ton copain. Je suis prêt à parier qu'il parlera tout de suite.

— Tenu.

Ça fait pas bien long, une minute. Surtout quand on sait ce qu'il y a au bout. J'ai laissé tomber l'oreiller.

— Va te faire foutre.

Je me suis levé. Au bout de mon bras, le pétard avait l'air d'une excroissance obscène. Je l'ai balancé sur le lit.

— Tu rendras ça au barman du Saint-Ram's. Tu lui diras que je garde la matraque.

Je me suis aussi débarrassé de son 38. et de la lame. Il ne les regarda même pas.

— Tu veux que je te dise un truc, Clerc ?

— Que je n'ai même pas réussi à te faire peur ? Te fatigue pas, je le sais déjà.

Il s'est marré tout doucement.

— Tu sais pourquoi je me planque ?

J'ai haussé les épaules.

— J'ai pas aimé ce contrat. Je l'ai su aussitôt que je t'ai vu. Pendant qu'on te cognait, j'avais l'impression que c'était toi qui nous tabassais. Alors, je me suis dit que si tu me retrouvais, je ne pourrais pas m'empêcher de te filer un coup de main. Tu vois ce que je veux dire ?

— Je crois, oui.

— Pour le contrat, ça s'est passé exactement comme je t'ai dit, sauf que l'enveloppe était écrite à la main. Pas à la machine comme l'aurait fait n'importe quel pro. À la main, par quelqu'un qui n'avait même pas pensé à déguiser son écriture. Alors, je l'ai gardée et je me suis planqué en me disant que tu avais peut-être assez de ressort pour rendre les coups.

C'était le genre de raisonnement tordu que je pouvais comprendre. Il m'a tendu l'enveloppe. Elle était adressée à « André Corbucci. Poste restante. Nice-Thiers ». L'écriture m'en était vaguement familière.

— Ça te dit quelque chose ?

— Non. Mais ça me donne de quoi chercher.

On s'est souri.

Le concierge fit semblant de ne pas me voir.

J'ai roulé vers le centre. Le froid ne m'a pas lâché. Jusqu'à ce que je trouve Éliane à son poste.

23

— Tu ne m'appelles plus « Charo » ?

— Non. Je ne veux plus qu'on rêve à ma place.

Elle mangeait comme elle faisait l'amour. Avec une conscience appliquée de tout son corps et des plaisirs qu'elle pouvait en tirer. L'énorme plateau de fruits de mer dressait sa barrière iodée entre nos deux fatigues.

— J'aime bien « Éliane ». Mais qu'en penserait ton Montalban ?

— Il comprendrait sûrement. De toute façon, tu t'es suffisamment approchée du mythe pour pouvoir te passer du nom.

— Tu es gentil, Phil. Même quand je ne comprends rien à tes mots d'amour.

À la table voisine, le chef faisait flamber des spaghettis dans une cassolette emplie de cognac. Une des spécialités de la maison. C'était certainement le pire traitement qu'on pût faire subir à des spaghettis, mais c'était aussi un de mes plats favoris quand nous avions vingt ans et que nous prenions encore cet endroit pour un restaurant gastronomique. Tous les mâles du lieu semblaient connaître Éliane. Je sentais leur regard curieux glisser sur mes épaules. Mac sortant de tôle, ou copain d'enfance sombré dans la débine ?

— Tu ne manges pas ?

— Si, bien sûr, dis-je en finissant la bouteille de cassis blanc.

— Qui t'a assommé ?

— Quelqu'un qui cherchait le manuscrit d'Élise.

— Il ne l'a pas trouvé ?

— Non. Je l'avais enfoui sous une couche de pâtes à l'huile.

Son sourire sentait la mer.

— Moi, je l'aurais trouvé. Les Frigidaires sont pleins de trésors. Tous les cambrioleurs savent ça.

— Celui-là ne savait pas vraiment ce qu'il cherchait.

— Comme toi.

— Tu connais l'histoire de Perceval ?

— La quête du Graal ? Mon frère nous forçait toujours à jouer à ça. Il est curé maintenant. La dernière fois que j'ai cherché à le voir, il m'a fait répondre qu'il ne me recevrait pas tant que je ne serais pas devenue une femme honnête.

— Suppose qu'au bout de la route, Perceval s'aperçoive que le Graal n'est qu'un tonneau débordant d'ordures. Une vaste saloperie derrière un mur d'hypocrisie. Comment crois-tu qu'il réagirait ?

— Mon frangin enterrerait le tonneau et reviendrait en disant qu'il a vu Dieu et que ça lui donne l'autorisation de faire chier le monde jusqu'à la mort des rats.

— Et le vrai Perceval ?

Quand elle devenait grave, le monde ne pouvait s'empêcher de l'être.

— Il en mourrait. Mais tu n'es pas Perceval…

24

J'ai fini la nuit chez moi. Les mains sous la tête. J'ai écouté du blues en regardant le reflet des voitures défiler sur mon plafond. Quand le jour les eut chassées, je me suis levé.

J'ai jeté ma vieille montre, me suis fait du café. Je suis resté dans la baignoire jusqu'à ce que l'eau soit froide. Je me suis rasé. Lentement, pour habituer mon miroir à ma nouvelle image. Mes yeux étaient trop rouges, mon visage trop blanc, mais j'avais cessé de ressembler à un bagnard en cavale. J'ai balancé mes vieilles frusques dans le vide-ordures et me suis refait du café. Je l'ai bu, à poil, devant ma fenêtre ouverte. Un début de mistral chassait les nuages vers l'Italie. J'ai laissé le froid m'envahir en regardant les premiers rayons du soleil se fondre dans la mer.

— Pas facile de s'y remettre, ai-je lancé à l'adresse de mon reflet.

Il avait l'air de s'en foutre.

Costume de flanelle anthracite, chemise blanche, cravate club bleu marine et rouge. En sortant, j'ai croisé Nicole. Elle faillit ne pas me reconnaître.

— Où allez-vous comme ça ?

— M'acheter une montre.

Rue Barbéris, j'ai récupéré la Jag. Perché sur un fût d'huile, Max buvait du lait à même le carton. Il a maté mon costard un bon moment avant de se marrer.

— Tu te réveilles, on dirait.

— Ça t'étonne ?

— Non. Je trouve seulement que tu y as mis le temps. Les flics sont passés inspecter ta voiture. Ils n'avaient pas l'air de bien savoir ce qu'ils cherchaient.

— La P.J. ?

— Non. Plutôt des branleurs dans le genre R.G. ou Services spéciaux. Ils m'ont posé des questions vagues en reluquant partout comme pour un inventaire.

— T'étais blanc ?

— Comme neige. Tu me connais.

Quand il ne bricolait pas ma voiture, Max buvait du lait et vaquait à toutes les occupations illicites qu'un atelier de mécanique et l'art de s'en servir peuvent permettre.

— Combien je te dois ?

— Quand tu seras riche, tu m'achèteras une vache. En attendant, fais gaffe à ton costard.

Il m'a guidé pendant que je reculais.

— Phil ?

— Ouais ?

Difficile d'avoir l'air grave quand on est doté d'une tête de clown calabrais. Ce coup-ci, il y était presque parvenu.

— On dit des choses en ville.

— De quel genre ?

— On dit par exemple qu'il vaut mieux éviter d'être vu en compagnie de Phil Clerc et que s'il n'était pas un copain de Masséna, c'est pas un pneu qu'on lui aurait éclaté.

— Et toi ? Qu'est-ce que tu en penses ?

— Qu'il y a des amitiés sur lesquelles il vaut mieux ne pas trop tirer. Ciao, Phil.

J'ai enclenché une cassette et je suis reparti vers le centre. Comme d'habitude, le moteur de ma vieille caisse semblait transfiguré par son séjour chez Max. Il chantonnait dans l'air frais du matin comme un castrat sous les voûtes de la Sixtine. À en croire Max, je pouvais maintenant mesurer l'amitié de Masséna. À peu près deux mètres. Ceux qui séparaient ma roue arrière du poste de conduite… C'était comme mon idée sur Perceval et le Graal. On y pense une fois et elle finit par ne plus vous lâcher.

Je me suis arrêté dans un bar-tabac pour acheter une montre. Elle marquait neuf heures douze. Une fleuriste ouvrait sa boutique. Je lui ai pris une douzaine de roses.

Je me suis garé au parking Mozart. Avec mes fleurs et mon costume, j'avais l'air d'un directeur de banque en route pour une cour matinale. J'ai marché jusqu'au bout de la rue Verdi, le long des façades blanches ornées de cariatides et de grappes de stuc dans ce quartier paisible où chaque rue porte le nom d'un musicien. À l'angle du boulevard

Gambetta, je suis revenu rapidement sur mes pas. Personne ne semblait me suivre. Elle habitait au rez-de-chaussée d'un petit immeuble fraîchement ravalé. Une lourde porte de bois vernis et son nom sur du cuivre comme seul ornement. Elle vint m'ouvrir.

— Désolé. J'ai préféré ne pas téléphoner.

Elle tenait un chiffon à la main. Ses cheveux étaient maintenus en arrière par un bandeau d'éponge. Elle était en chemise. Ses seins dansaient, libres sous l'étoffe lâche. Son regard descendit jusqu'aux roses. Derrière elle, au fond du couloir, deux gosses immobiles nous regardaient.

— Vous auriez pu passer par Interflora, sourit-elle.

— Ça m'aurait privé de vos vannes. Je peux entrer ?

— Bien sûr.

Elle s'est effacée sans lâcher la porte. Je crois que j'ai rougi en frôlant ses seins. Les deux gamins avaient l'air de se foutre de moi.

— Ils ne sont pas à l'école ?

— On est mercredi, vous savez.

— Non, je ne sais pas. J'ai acheté une montre avant de venir mais elle n'indique que la date. De mon temps, c'était le jeudi.

— Du mien aussi. Ça devrait vous rassurer sur notre différence d'âge. Venez dire bonjour, les enfants.

J'ai tendu la main. Ils tendirent leurs joues. L'aîné avait quatorze ans, il s'appelait Olivier, était coiffé comme Ricky Nelson. L'autre, Mathieu, le suivait de deux ans et faisait tout ce qu'il pouvait pour ressembler à David Bowie. Ils étaient tous les deux superbes.

— Venez dans la cuisine, avant que ces roses ne périssent asphyxiées.

Je l'ai suivie. Elle me désigna un tabouret, choisit un vase et ne s'excusa pas pour le désordre. La table était couverte de miettes, de flaques de chocolat, de confiture. J'ai gardé mes mains sur les genoux.

— J'ai rencontré votre mari.

— D'Horville ?

— Pourquoi, vous en avez un autre ?

— Non. Mais celui-là, je ne l'ai plus. Qu'est-ce qu'il vous voulait ?

— Rien au début. C'est moi qui désirais lui poser quelques questions. À la fin, il m'a proposé de me payer pour retrouver l'assassin d'Élise.

— Et vous avez refusé. Vous vous êtes fait plaisir mais ce n'est pas très malin.

— Vous trouvez ?

— Luc a beaucoup d'argent. Autant en profiter.

— C'est ce que vous avez fait ? Pourquoi vous êtes-vous séparés ?

Elle ne se retourna pas. Pendant un long moment, je n'entendis rien d'autre que ses ciseaux coupant les tiges.

— Toujours un nombre impair.

— Pardon ?

— Les roses. Il faut toujours en offrir un nombre impair. Pour casser l'uniformité du bouquet.

— Vous pouvez toujours en jeter une.

— Non. Je la mettrai dans ma chambre. Sur ma table de nuit.

— Autant vous prévenir, je n'ai pas beaucoup d'argent.

— C'est pour ça que je n'y mettrai que votre rose.

Elle s'est retournée en souriant. Dans ses mains, débarrassées de la Cellophane et du ridicule tortillon de papier, les roses avaient l'air d'un feu d'artifice.

— Vous n'avez pas répondu à ma question.

— C'est important ?

— Il s'est passé pas mal de choses depuis notre dernière rencontre.

— Je sais. Philippe-Henri est mort, Lucie aussi, vous vous êtes rasé et vous avez changé de costume.

— Votre ex-mari a essayé de m'engager. Quelqu'un a mis mon appartement à sac et m'a assommé à coups de crosse.

— Il cherchait le manuscrit ?

— Quoi d'autre ? À qui d'autre en avez-vous parlé ?

— À personne…

Je l'ai regardée faire son ménage. Le désordre s'évanouissait sous ses doigts, sans effort.

— J'ai quitté Luc parce que je voulais que mes enfants aient une chance de devenir autre chose que les héritiers de la famille d'Horville. J'ai fait ce que sa mère n'a pas su faire.

— Vous l'aimez toujours ?

— Suffisamment pour ne pas lui confier les secrets de sa sœur. Ça vous suffit comme réponse ?

Ma nouvelle montre marquait dix heures. Le café était déjà sur la table. Geneviève s'est assise en face de moi. Elle a rempli nos tasses.

— Parlez-moi de lui.

— Luc ? Je vous l'ai dit. La vie lui a tout donné. Excepté la chance d'être orphelin de père.

— C'est si dur que ça de naître d'Horville ?

— Dur… ?

L'amertume de son sourire la faisait paraître presque laide.

— … À ce stade, on peut carrément parler de malédiction. Bertrand d'Horville avait, pour ses fils, la tendresse d'un rouleau compresseur pour un kilo de gravier. Jean-Paul ne risquait pas grand-chose. Il est né écrasé. Luc a lutté. Vous avez vu le résultat… ?

Son regard quêtait une approbation. Je l'ai laissée continuer.

— … Quand je l'ai rencontré, ce n'était qu'un gamin qui cherchait ses marques. Il étudiait l'économie en parlant d'art et de révolution. Il écrivait. Des poèmes pleins de rage et de couleurs, des chansons dont il martelait les accords sur un vieux piano de jazz. Il me parlait de son père comme d'un philanthrope muré dans sa conception aristocratique du monde. Un seigneur né trop tard dans un monde trop vieux. Il rêvait d'Afrique et de tiers-monde. Un univers où l'argent et le savoir-faire ne seraient qu'un moyen supplémentaire de servir l'homme. Nous nous sommes mariés et son père l'a rappelé… Ce fut le début de la démolition. Il ne devait y avoir qu'un héros chez les d'Horville et la place était déjà prise. Mon beau-père avait besoin d'un gérant docile de sa gloire. C'est Luc qui a eu le poste. Philanthropie en façade, magouilles et compromissions en coulisse, Luc n'avait pas la force de résister. Cinq ans après notre mariage, il était devenu le côté pile de l'image paternelle.

J'ai revu la grande pièce blanche. Les livres et les tableaux. L'obstination de Luc à me trouver des raisons de l'aimer. J'aurais pu regretter ma dureté. J'ai préféré l'oublier.

— Parlez-moi du père.

Elle haussa les épaules.

— À quoi bon ? Il est mort dans sa légende, l'auréole vissée sur la tête. C'est de leur vivant qu'il faut déboulonner les statues. Après, ça ne sert plus à rien. Lucie ne vous a pas tout dit. Madeleine vit toujours. Enfermée dans une clinique de Cimiez… Vous n'auriez pas fui à ma place ?

Les enfants sont venus la chercher. Je l'ai suivie dans le grand appartement. Un monde de calme et de douceur. Un monde que j'avais feint de mépriser sans doute parce qu'il m'avait trop manqué.

— Et Jean-Paul ?

— Jean-Paul n'a jamais existé. Il joue avec son fric et mourra avant de s'apercevoir qu'il a vécu.

— Il faisait un assassin acceptable.

— Lui ? Pensez-vous ! Un complice, tout au plus.

— Alors qui ? L'amant de Madeleine d'Horville ?

Ça m'était venu comme ça. Peut-être parce qu'il fallait bien chercher des masses cachées susceptibles de modifier la course des astres.

Geneviève s'était figée.

— Qui vous a parlé de ça ?

— Lucie pour commencer. Avec sa manière un peu forcée de s'approprier la douleur de Madeleine. Et puis vous, maintenant. Qui est-ce ?

— Je ne l'ai jamais su. Vous avez raison. Lucie mourait d'envie d'en parler. Un jour, ça lui a échappé. Un de leurs amis d'enfance. Je n'en sais pas davantage.

— Un Niçois donc.

— Sans doute. Qu'est-ce que ça peut faire ?

— Les enfants savaient ?

— Luc et Jean-Paul sûrement pas. Ils n'ont jamais soupçonné leur mère du moindre désir de vivre. Élise peut-être… Vous pensez que c'est important ?

Elle me regardait à travers les roses. Je me suis souvenu d'un bouquin que j'avais lu quand j'étais gosse. On y parlait d'un type qui cherchait un endroit pour poser son sac. À l'époque, ça m'avait fait marrer.

— Vous savez ce qui tue presque autant que les guerres ? L'institution la plus meurtrière de l'Histoire ?

— La famille, souffla-t-elle.

— Exact. Dans le cas d'Élise, c'est une piste difficile à écarter, non ?

— Peut-être. Vous avez une idée ?

— Qu'est-ce qui vous fait croire ça ?

Elle posa les roses sur une table de laque noire. Le soleil se glissait dans les plis des rideaux du salon. Elle les tira. On aurait dit que la lumière saluait son geste.

— Vous. Vos joues glabres, votre costume de premier communiant tardif, la précision de vos questions et l'attention que vous prêtez aux réponses. On dirait que vous vous êtes enfin mis en chasse. Je me trompe ?

Elle me faisait face. Dans son dos, le soleil la déshabillait. La rumeur des enfants dans la chambre voisine… J'ai baissé les yeux.

— Écartez-vous de cette fenêtre. J'ai bien assez d'ennuis comme ça.

Elle éclata de rire.

— Je me suis toujours demandé comment les chevaliers faisaient pour bander à l'intérieur des armures. J'ai compris maintenant. Ils souffrent. Je vous choque ?

Mes joues étaient brûlantes. Je me sentais furieux et idiot.

— Non à la première question et oui à la deuxième. Vous ne vous trompez pas et vous me choquez. Ça vous va ?

— Vous ne voulez rien me dire ?

— Pas encore. J'aimerais que vous quittiez la ville.

— Vous êtes sérieux ?

— Comme la mort. Et ce n'est pas une image.

Je me suis demandé s'il y avait au monde quelque chose capable de l'effrayer et si le reflet narquois dans ses yeux était une marque de naissance.

— J'y ai pensé, avoua-t-elle. Une amie peut me prêter un chalet de montagne.

— Préparez vos affaires et attendez mon appel. N'avertissez personne. Pas même l'école de vos enfants.

— Ce sera long ?

— Je ne sais pas. Je resterai en contact.

Elle m'a raccompagné jusqu'à la porte.

— Merci pour les roses, Phil.

Dans la rue, je me demandais encore si j'avais rêvé son baiser.

*

Impossible de trouver Guérard. Pas plus chez lui qu'au journal. Depuis la veille, je gavais son répondeur de messages impatients. En vain. Ni lui ni même sa femme ne répondaient. À croire qu'ils avaient tous les deux disparu dans la quatrième dimension. À moins que ce ne fût l'eau du port...

Chez Acchiardo, personne ne l'avait vu. J'ai déjeuné machinalement d'une escalope et d'un plat de spaghettis. À côté de moi, deux lycéens refaisaient le monde. Guérard avait la solution.

J'en étais sûr. Comme j'étais sûr qu'il était trop tard ; qu'ils avaient disparu, lui et son secret, dans les intestins de la ville. Une chance pour un journaliste. Il y retrouverait sûrement la plupart des grandes énigmes municipales des dernières années.

Avant de partir, j'ai appelé Geneviève :

— On part dans une heure. Vous serez prête ?

— Je le suis déjà.

Sa voix était ferme. J'ai raccroché, vaguement frustré.

Max bricolait un vieux pick-up Dodge. Le moteur d'origine gisait par terre sur un lit de boulons. À sa place, un V8 chromé, prêt à mordre.

— J'ai besoin de toi.

— Dis toujours.

— Il me faudrait quelque chose de rapide et de discret. Du genre bombe en costume de ville.

Il s'est marré.

— Comme toi ? Je dois avoir ça.

Je l'ai suivi dans le fond du garage, dans l'odeur lourde d'huile et de métal, le silence des mécaniques assoupies. Il s'est dirigé vers le long capot gris d'une Mercedes hors d'âge.

— 190 D pour la caisse. Le plus mou des diesels historiques. Avec le modèle d'origine, tu n'aurais aucune chance contre un Solex bien réglé…

Je l'ai laissé distiller sa fierté.

— … J'y ai mis un Ford huit cylindres, 250 CV de poussée. Il ne manque que deux lance-roquettes pour que le mirage soit complet.

— Ça ira. Tu connais le Relais du Chaudan. Sur la route de Digne ?

— La première station après le pont de Saint-Martin. Autant demander à un chameau s'il connaît le seul oued du désert.

— Prends la Jag et va m'y attendre. Gare-toi dans le parking derrière le bistrot. Laisse les portes ouvertes, je risque d'être pressé.

Il cligna de l'œil. Ça faisait penser à une bulle crevant la surface d'une mare de pétrole.

— Compris. Je te sors la Mercedes.

Guérard n'était toujours pas au journal. Je l'ai appelé chez lui et j'ai laissé un nouveau message sur son répondeur.

J'ai démarré en seconde. Même comme ça, j'ai cru que la moitié de la gomme restait sur le bitume. J'ai roulé jusqu'à la rue Verdi. Geneviève m'attendait dans le hall de l'immeuble. Les deux enfants s'installèrent à l'arrière sans poser de questions. Peu de bagages. Juste un sac par personne. Je me suis glissé dans le flot des voitures.

— Vous êtes toujours aussi efficace ?

— Qu'est-ce que vous attendiez ? Que je déménage la moitié de la maison ?

J'ai souri au pare-brise. Mes mains étaient moites. Je les ai frottées contre la flanelle de mon pantalon.

— Vous avez vu quelque chose ?

Le ton de la conversation mondaine. J'ai jeté un coup d'œil sur les enfants.

— Pas encore. Qu'est-ce que vous leur avez dit ?

— La vérité. Ça vous gêne ?

— C'est vous que ça regarde.

J'ai rejoint Victor-Hugo et j'ai descendu Gambetta jusqu'à la Promenade. Passé le round d'observation, la voiture et moi faisions plutôt bon ménage.

— C'était le manuscrit ?

Je l'ai regardée. La pluie se mit à tomber. Une grosse pluie grise et lourde.

— Il doit neiger en montagne.

— C'est toujours ça, sourit-elle.

Je me suis engagé sur la bretelle qui mène à la route de Digne. Derrière moi, une dizaine de voitures en firent autant.

— Le manuscrit n'est qu'une trace de plus. Il mène à la mort d'Élise mais je doute qu'il suffise à l'expliquer.

— Alors quoi ?

— Je voudrais finir l'histoire.

— À la place d'Élise ?

— À ma place.

J'ai ralenti légèrement devant *Nice-Matin*. La pluie avait la même couleur que les façades fumées de l'immeuble. J'ai pensé à Guérard.

— Pour vous tout seul !

— Qui d'autre ? Taisez-vous maintenant.

Le compteur marquait 140 kilomètres-heure. Il ne restait plus qu'une voiture derrière moi. J'ai levé le pied et me suis rabattu à droite. C'était une petite caisse blanche du genre Machin G.T.I. ou Turbo. Quand elle nous doubla, ses occupants nous ignorèrent avec obstination. Cinq cents mètres plus loin sa calandre était à nouveau dans mon rétroviseur. J'ai appuyé à fond. Max n'avait pas exagéré. C'était comme si je venais d'encaisser une ruade d'éléphants.

— Waou !... firent les deux gosses en même temps.

À 160, la Mercedes surfait déjà sur l'eau de la route. À 180, je ne savais plus très bien si mes mains tenaient un volant ou un gouvernail. La Golf était toujours là. J'ai poussé jusqu'à 200. Plus vite que la pluie. Plus vite que la peur. Une folie de ferraille s'encastrant dans un mur de flotte.

— Ils sont toujours là, dit Geneviève.

À 220, j'avais oublié ce qui me faisait courir. Je glissais simplement dans une bouillie grise, à la poursuite de ce gouffre tonitruant que la vitesse rendait toujours plus inaccessible.

— Phil ! Écoutez-moi... Je vous dis qu'on les a semés.

J'ai vu l'aiguille bloquée dans le bas du cadran. Dans le rétroviseur, il n'y avait plus que la pâleur crispée des enfants. Geneviève criait. J'ai ralenti comme on sort d'un rêve de grandeur.

Max nous attendait au Chaudan. J'ai fait monter Geneviève et les enfants dans la Jag. Le capot de la Mercedes fumait sous la pluie.

— Une Golf blanche. Je prends la route de Puget. Emmène-les voir Auron. Merci et bonne chance.

La neige nous prit vers Anot. Elle ne nous quitta plus. À la Foux-d'Allos, elle tombait comme les plumes d'un édredon éventré.

25

Guérard était devant moi. Nu, dans un tiroir réfrigéré. Il avait une étiquette attachée au gros orteil droit et le crâne défoncé par une enclume. L'interne de service laissa retomber le drap sur son visage boursouflé par un séjour prolongé dans l'eau de mer. Il referma le tiroir et sortit.

Pourquoi ne prend-on conscience du manque que lorsqu'il devient définitif ? Guérard n'était rien pour moi, pourtant il me sembla que je ne pourrais pas survivre à sa mort.

Derrière la fenêtre, les barreaux dessinaient des rectangles de nuit. La lumière des néons empêchait presque de discerner l'extérieur.

Je me suis tourné vers les deux flics.

— Où l'avez-vous trouvé ?

— Pas loin de l'endroit où vous l'avez laissé tomber, gros malin.

Ils m'avaient piqué devant chez moi. Deux jeunots en costume sombre et cravate tricotée. Ils parlaient entre les dents comme des G. Men dans une production de série Z. Je ne les avais encore jamais vus.

— C'est vous qui rôdiez autour de ma voiture dans le garage de Max ?

— Peut-être. Vous le reconnaissez ?

Ma main glissa sur le drap.

— C'est bien Guérard, dis-je.

— Suivez-nous.

*

— Vous avez un avocat ?

— Pour quoi faire ?

Le commissaire avait l'air d'un député gaulliste. Veste croisée bleu marine et filet de sang à la boutonnière. Le plafonnier dessinait des carrés de lumière sur sa calvitie.

— Réfléchissez un peu, Clerc. Trois meurtres et vous dans le décor. À chaque fois.

— Je ne sais même pas où j'étais quand Guérard a été tué.

— Vous le cherchiez. On nous l'a dit au journal. De plus, son répondeur était plein de vos messages.

— Vous m'arrêtez ?

— Pourquoi cherchiez-vous Guérard ?... Café ?

Il le faisait au Cona. Avec des airs mystérieux d'alchimiste. Dehors, la pluie tombait dans le noir.

— J'en sais rien. Peut-être pour l'empêcher de mourir.

— Vous en aviez les moyens ?

J'ai haussé les épaules. Il n'y avait pas de machine à écrire sur son bureau. Pas de magnétophone. Rien de l'habituelle machinerie des interrogatoires de police. L'eau claire montait dans la boule supérieure. Mélangée au café, elle bouillonnait comme un chaudron de lave. Il éteignit le réchaud à alcool et le nectar redescendit.

— Je croyais que c'était Bandry qui s'occupait de l'affaire.

— Le copain d'enfance. Le pote de toujours. C'est bien ça… ? L'affaire, comme vous dites, lui a été retirée. À sa demande. Ça change quelque chose ? Un flic reste un flic, non ?

— Qu'est-ce que vous voulez ?

— D'abord vous voir. Un emmerdeur de votre envergure, je n'aurais pas voulu manquer ça. Qu'est-ce qu'elle vous a fait, cette gamine ? Elle vous demande de brûler sa maison. Vous refusez. Quelqu'un le fait pour vous. La fille y reste. On vous bouscule un peu pour la forme. Vous n'y êtes pour rien et on classe l'affaire en attendant mieux. Ça aurait dû vous suffire ? Non, vous vous mettez à remuer la merde comme si le sort du monde en dépendait.

— Ensuite ?

— Ensuite quoi ?

— Vous vouliez me voir. Vous m'avez vu. J'attends la suite.

Il me tourna le dos. L'odeur du café me parvint en même temps que le bruit des tasses.

— Un sucre !... C'est la meilleure façon de le préparer. On ne trouve plus de bon Cona, vous savez ! Celui-ci me vient de ma mère.

Anxieux, il guettait mon approbation.

— Délicieux, dis-je. Une sorte de quintessence.

— C'est cela même. Le mot est juste. Peu de gens savent mettre un mot juste sur une sensation.

— Pourquoi Bandry a-t-il lâché l'affaire ?

— Je ne sais pas. Trop d'implication personnelle, peut-être. À vous, il le dira sans doute.

— Vous avez vu Luc d'Horville ?

Il reposa sa tasse. Devant lui, ses doigts joints formaient une cathédrale.

— Vous comprenez vite, Clerc. Je ne sais pas comment vous l'avez convaincu, mais le fait est là. Il veut savoir qui a tué sa sœur.

— À condition que la police n'en sache rien.

— C'est à peu près ça. La prospérité d'une ville est une chose fragile. C'est aussi le devoir des flics d'en tenir compte.

— Je vois. Et si d'Horville n'avait pas marché ?

J'aurais pu trouver sa grimace comique si je n'avais pas eu une idée aussi précise des implications qu'elle contenait.

— Disons que vous avez la chance d'être encore plus dingue que nos estimations les plus hautes.

— Qu'est-ce qui me garantit que vous ne changerez pas d'avis ?

— Il fallait y penser avant, Clerc. Maintenant vous êtes dans le train. Démerdez-vous pour l'arrêter en douceur.

— Belle leçon de real-politique. Vous auriez dû être diplomate.

— Je le suis. C'est pour ça que vous êtes encore là. Vous avez allumé un pétard. Désamorcez-le et vous finirez centenaire.

— Qui vous dit que j'en ai envie ?

— Pensez aux autres, mon vieux. Si vous nous obligez à faire le ménage, il faudra bien le faire en grand. À combien de femmes avez-vous déjà offert des fleurs ? Sans parler de celles que vous cueillez dans la rue.

Ça m'a soulagé qu'il le dise.

— Vous êtes un salaud, fis-je sans conviction.

— Vous savez bien que non, sourit-il.

— Qui a tué le gosse ?

— Rien à tirer de ce côté-là. Des pros sans aucun doute. Voiture volée, pas de traces, pas d'empreintes. Un contrat impeccablement exécuté.

— Et Guérard ?

— Là, c'est plus intéressant. On a retrouvé sa voiture sur le parking du port. Pas très loin de l'endroit où on l'a repêché. Le tueur s'y est pris à plusieurs fois. Sans doute avec un cric. On a retrouvé de la graisse sur les parois de la plaie. Il a ensuite balancé le corps à la flotte après l'avoir attaché à une gueuse improvisée. Le nœud était mal fait. On a repêché le cadavre à l'entrée de la Darse.

— Vous avez dragué le port ?

Il se mit à rire.

— Pour quoi faire ? Le bassin est plein de trucs qui auraient pu servir à couler un corps.

— On connaît l'heure de sa mort ?

— Ça, on sait le faire. On l'a foutu au jus entre trois heures et demi et quatre heures du matin. Il vivait encore. Ses poumons étaient pleins de flotte.

— Personne n'a rien vu ?

— Peut-être bien que oui. Un clodo, un junk ou un couple de pédés. Aucun d'eux ne s'est présenté jusqu'à présent.

— On dirait que ça vous amuse.

— De voir un vieil anar jouer les flics ? Plutôt, oui. Rien d'autre ?

— Si. Quelle est la longueur de ma laisse ?

— À vous de la trouver. Et n'oubliez jamais une chose : personne n'est venu vous chercher. La laisse, vous vous l'êtes fabriquée tout seul.

*

— Geneviève… ? C'est Phil. Tout va bien ?

— Bien sûr. C'est gentil d'appeler.

La voix était lointaine. Un lac sous la neige.

— Il neige toujours ?

— Oui.

— Bon. Je voulais vous dire…

J'ai imaginé les mots se traînant le long des fils glacés, tombant du récepteur en flaques déjà froides.

— Oui, Phil ?

— Rien, je vous rappellerai.

26

Une pauvre petite chose. C'est de ça qu'elle avait l'air dans le battant frileusement entrouvert. Dans son dos, des voix d'enfants chuchotaient.

— Madame Guérard. Je suis Philippe Clerc. Je suis… Enfin j'étais…

— Vous connaissiez Charles. Je sais. J'ai entendu votre voix sur le répondeur. Entrez.

Une odeur de choux et d'encaustique. Le murmure d'un mauvais transistor. Elle frottait le dos de ses mains contre son tablier noir.

— Entrez, répéta-t-elle.

Je la suivis dans le vestibule. Elle regarda mes pieds et la flaque qui se dessinait autour de mes godasses. Elle avait l'air contrariée.

— Il pleut dehors, dis-je bêtement.

— Oh, ça ne fait rien. Je nettoierai plus tard. J'ai le temps, maintenant.

Elle prit mon imper. Le tint contre elle.

— Vous êtes plus grand que lui. Plus fort aussi. La police est déjà venue, vous savez. C'est eux qui m'ont dit pour Charles. Vous êtes aussi de la police ?

— Non, madame. Juste un ami.

— Un ami ? Je ne savais pas que Charles en avait.

Elle finit par accrocher mon imper au portemanteau. Une grande tulipe de bois brun comme on en trouve encore dans les brasseries.

— Madame Guérard, dis-je doucement. Je sais que le moment est mal choisi, mais il faut absolument que je vous parle.

— Bien sûr. Maintenant qu'il est mort, ils veulent tous me parler.

Elle fit demi-tour et fila dans l'ombre d'un couloir. Papiers peints et parquets cirés, Guérard le cynique vivait comme un comptable. Elle m'attendait devant une porte ouverte. Les enfants invisibles chuchotaient toujours.

— Son bureau. Tout ce qui vous intéresse est là-dedans.

— Qui d'autre veut vous parler, madame Guérard ?

Un éclair au néon jaillit du plafonnier. Elle se tenait dans l'embrasure de la porte, les yeux fixes, comme si elle voyait la pièce pour la première fois. Elle devait être en deuil bien avant la mort de Guérard, tant le noir de sa robe, celui plus pâle de son tablier semblaient faire partie de son image.

— C'est là qu'il vivait. Juste là.

Une pièce peinte en blanc que la lumière crue ripolinait d'une couche supplémentaire. Un lit défait, un bureau, une machine à écrire, deux chaises et un vieux rocking-chair. Ni livres ni tableaux.

— Vous comprenez maintenant ?

Elle se tenait sous l'averse de lumière.

— J'ai perdu un mort.

— Je comprends.

— Vous venez à cause de cette fille.

Ni question ni affirmation, juste un jeton lancé sur le tapis.

— Quelle fille, madame ?

— La morte. Celle qui cherchait son père.

— Élise d'Horville ?

— Il ne m'a jamais dit son nom.

— On en a parlé dans le journal. En première page. Le jour où elle est morte.

— Je ne lis pas le journal. Jamais. Ni journal ni téléphone. C'étaient ses affaires…

Elle s'est posée sur une chaise. D'un seul mouvement. Marionnette soudain privée de ses ficelles.

— Il en parlait toujours. Il disait que personne ne pouvait comprendre la qualité de ce qu'il ressentait pour elle. C'était comme une blancheur absolue. Il est venu s'installer ici… Il a gardé son travail au journal pour l'aider. Il disait que quand elle aurait retrouvé ses racines, elle pourrait enfin le regarder. Il était fou. Vous comprenez, monsieur. Il a toujours été fou. Et puis, la lettre est arrivée.

— Quelle lettre ?

— Je ne sais pas. Une grande enveloppe recommandée. Très lourde. Il ne recevait jamais de courrier ici. Tout arrivait au journal. J'étais là quand il l'a ouverte. Il est devenu tout blanc. J'ai cru qu'il allait s'évanouir. Et puis, il a souri comme je ne l'avais jamais vu sourire.

Elle s'interrompit. J'eus l'impression qu'elle venait de s'apercevoir de ma présence.

— Un ami, vous dites ? Quel genre d'ami ? Charles n'en parlait jamais.

— Qu'est devenue la lettre, madame Guérard ?

— C'est elle qui l'a tué. Elle les a tués tous les deux. Comment m'avez-vous dit que vous vous appeliez ?

— Philippe Clerc. Il faut que je trouve qui a tué Charles et cette lettre peut m'aider.

Elle secoua la tête.

— Vous êtes comme lui. C'est la fille qui vous intéresse. C'est son assassin à elle que vous cherchez. Pas le sien. De toute façon, il n'y a plus de lettre. Il l'a emmenée avec lui hier soir, quand il est parti.

— Savez-vous où il est allé ?

— Dans l'eau du port, monsieur Clerc.

Je me serais battu. Elle se tassa un peu plus. Un tas de chiffons abandonné sur une chaise. J'ai posé ma main sur son épaule.

— Qui d'autre vous a appelée, madame ?

— Un homme. Un ami de Charles aussi. Je n'ai pas répondu. Je ne réponds jamais. J'attends qu'ils parlent sur le répondeur et j'écoute le message. Il voulait me voir. Pour me parler de lui.

— Le message ! Vous l'avez gardé ?

Je criais presque. Derrière la porte, les chuchotis s'arrêtèrent.

— Suivez-moi, dit-elle.

Les mômes étaient plantés derrière la porte. Deux gamins aussi jaunes et noirs qu'on peut l'être quand on est né du côté du quarante et unième parallèle. Elle sourit.

— Vous ne saviez pas ? Il m'appelait son « ange de pureté ». Jamais il ne m'a touchée. Les enfants sont arrivés à la maison dans ses bras, pas dans les miens. Le téléphone est par là.

Elle marchait devant moi. Un gosse sous chaque bras. Comme deux béquilles.

J'ai reconnu tout de suite la voix. C'était celle du vieux jardinier.

27

« Elle sentait qu'il n'était plus loin. Sa présence la troublait comme elle ne l'avait encore jamais fait. Et si l'homme que le feu avait éparpillé dans la jungle n'était plus exactement celui qu'elle cherchait ? Et si la quête du père n'était qu'une forme détournée de l'inceste dont les conséquences pouvaient s'avérer aussi douloureuses que celles de l'acte lui-même. Il restait tant de faits à explorer, tant de témoins à interroger. Elle se sentait vieille. Infiniment plus qu'au début, comme si toutes ces années étaient venues s'ajouter aux siennes. Il restait une cigarette dans le paquet. Des Craven A. Celles qu'il fumait. Après celle-là, il faudrait qu'elle sorte. L'arôme lourd, un peu âcre, du tabac de Virginie lui manquerait. Depuis quand avait-elle commencé à se comporter comme lui ? Les cigarettes, le rhum brun qui alourdissait son corps et la faisait dériver des heures durant dans les pages de Lowry ou de Conrad. Elle alluma la cigarette. Tout était là, dans les notes qu'elle feuilletait en suivant des yeux les contours bleus de la fumée. Elle aurait pu

se contenter de l'osmose. Après tout, avait-elle rêvé d'autre chose en commençant son voyage ? Mais elle avait changé. Il lui en fallait plus. Toujours plus. Comme lui. »

« Elle écrasa sa cigarette et sortit. »

J'ai reposé le manuscrit. Charo fumait, les jambes ouvertes. Il n'y avait qu'elle pour ériger ainsi l'impudeur en art absolu.

— Le manuscrit inachevé, chantonna-t-elle. Ça sonne comme une histoire de gosse. Qu'est-ce qui t'a fait croire qu'elle n'avait pas fini, Phil ? Il te manquait le mot « Fin » ?

Elle s'étira en souriant. Chaque fois qu'elle faisait ça, mes artères se transformaient en pipelines.

— Comment fais-tu ?

— Pour m'étirer ?

— Non, pour inventer la vérité.

— Facile. Je choisis toujours la solution la plus simple. Le manuscrit s'arrête parce qu'il est fini. La petite fille riche met le feu à la maison familiale parce qu'elle veut la faire disparaître. Comme un animal supprime les traces de ceux qu'il veut protéger.

Un animal… Guérard avait employé la même image. « Un animal qui cherchait ses traces… » Elle les avait trouvées. Au point de faire le chemin en marche arrière pour les effacer. La chaleur de Charo me parvenait par vagues. Vivante, comme Geneviève, comme Lucie… Comme la femme du roman. Celle qui écrasait sa cigarette avant de quitter le livre. Comme celle qui jouait les gamines dans mon bureau, en attendant que j'aille me faire rôtir à sa place.

— Alors ?

— Alors quoi ?

— Je ne sais pas, moi. C'est toi le mec.

28

Il y avait un bull devant le portail. Il n'avait pas encore commencé à travailler, mais sa présence était comme un échafaud dressé sous les fenêtres du condamné. Nous suivions l'allée de gravier le long des ruines de la maison. Les palmiers ne ressemblaient plus à des sentinelles. Charo ne se serrait plus contre moi. J'avais la tronche comme une valise en désordre.

J'ai frappé à la porte du cabanon avant d'en tripoter la serrure. Personne. L'odeur du café. Celle des fringues mouillées séchant à la chaleur du poêle à bois. J'ai allumé la lumière.

— Qu'est-ce qu'on cherche ?

— Tout ce qu'on pourra trouver.

— Et si le vieux arrive ?

— Sois tranquille, il n'est pas loin.

Je me suis approché de la fenêtre. Un rectangle de nuit sur le jardin endormi. Elle donnait sur l'arrière des ruines. Combien de temps avait-il passé là ? Le nez sur la vitre, épiant chaque mouvement, chaque ombre qui glissait le long des fenêtres d'en face. Qui était-il, ce guetteur furtif ?

Dans un tiroir, j'ai trouvé une photo. Élise et sa mère assises sur le perron face aux taches impressionnistes du jardin. Madeleine, de profil, souriait à la main qu'Élise posait sur son épaule. À deux pas du groupe, le vieux jardinier semblait figé dans un élan sans cesse interrompu.

— On dirait qu'il n'ose pas les prendre dans ses bras, dit Charo.

— Regarde les yeux, dis-je. Leurs yeux. À tous les trois.

Contre mon dos, ses seins bougeaient plus vite. Nous regardions la photo comme on explore un souvenir qui se dérobe.

— La bouche aussi… La même façon de sourire. Non pas les uns aux autres, mais chacun pour soi.

— Qui est la femme ? Sa mère ?

— Oui. Madeleine d'Horville.

— Qu'est-ce qu'elle est devenue ?

— J'en sais rien.

— Comment as-tu deviné pour le jardinier ?

Je me suis dirigé vers le placard où le vieux rangeait sa gnôle. J'aurais pu lui répondre que c'était dans l'ordre des choses. Que les vieux jardiniers finissent toujours par engrosser les belles dames abandonnées et que la plupart des princes et des princesses ne sont en fait que des bâtards. Comme le reste du monde.

— J'ai rien deviné du tout. En fait, j'avais même oublié son existence jusqu'à ce que je trouve sa voix sur le répondeur de Guérard.

J'ai bu sous la fenêtre. Jusqu'à présent, la contemplation ne m'avait pas trop mal réussi. Les choses venaient à moi avec l'impétuosité d'un essaim de mouches se ruant sur l'unique étron du désert.

Madeleine avait un amant. Je le savais déjà. Lucie l'avait laissé entendre. Geneviève me l'avait confirmé. À en croire la photo, l'amant était aussi le père d'Élise. Un vieux bonhomme plutôt malin qui se faisait passer pour jardinier et dont j'avais cru les salades sans même chercher à savoir qui il était. J'ai retourné la photo. Il y avait une date derrière. Un jour d'automne de l'année passée. Une date comme une autre, elle n'évoquait pour moi aucun souvenir particulier. Par contre, je connaissais bien l'écriture. J'ai mis la photo dans ma poche. Charo continuait à fouiller. D'un tiroir de la grande table de ferme, elle avait sorti un paquet de factures et de bons de livraison. Commandes d'outils, de bulbes, d'engrais, elles étaient toutes adressées à Jacques Monory, maison d'Horville, route forestière du Mont-Boron, Nice. Sur l'une d'elles, entre deux manches de pioches et une dizaine de serre-joints, j'ai trouvé ce que je ne cherchais pas : de l'amiante en feuilles. Le bon était daté du 27 novembre. Élise était morte le 28.

— Tu as trouvé quelque chose ? demanda Charo.

— C'est toi qui as trouvé, une fois de plus.

Je lui ai montré le bon de livraison. Pour en déchiffrer l'écriture elle s'accroupit à mes côtés et se retint de son bras passé autour de mes épaules. Elle a soupiré, m'a serré plus fort.

Elle ne pouvait y croire. Pas même en parler. Nous sommes restés longtemps blottis sous la fenêtre. Jusqu'à ce que le feu s'éteigne et que le froid nous gagne.

— Il ne l'a pas tuée, ai-je fini par dire.

— Tais-toi, Phil. J'ai froid. Fais-moi l'amour.

*

J'ai fermé la porte du cabanon. Charo marchait devant moi. Les épaulettes de mon veston lui faisaient des épaules de déménageur. Je l'ai suivie en frissonnant.

Le vieux n'avait pas chômé. Plus de traces d'ornières. Les débris de poutres, de pierres avaient disparu. Le gazon s'étendait à nouveau impitoyablement, uniformément vert autour de la ruine noir et rose. Ultime coquetterie avant le passage du bull. Comme si cinquante tonnes de ferraille aveugle pouvaient se sentir coupables… Charo marchait devant moi. Attentive, à chacun de ses pas, soucieuse de ne pas enfoncer ses talons dans la terre humide du jardin. Elle ne vit pas l'ombre sur le bull. Je me suis lancé vers elle au moment où l'ombre appuyait sur la détente. Nous l'atteignîmes ensemble, la décharge et moi. Son corps fut jeté en arrière par l'impact puis plaqué au sol par mes quatre-vingt-dix kilos lancés en pleine course. Je pleurais déjà en touchant le sol. Sur le bull, l'ombre ajustait son deuxième coup. Je suis resté à genoux, la tête vide, pendant que l'ombre dégringolait du tas de ferraille.

— Magne-toi, Phil. On se tire.

Des pompes italiennes, un fusil et la voix de Gino. Charo saignait dans mes bras. J'ai levé la tête. Les larmes m'empêchaient de voir le reste du monde.

— Elle portait ma veste, Gino.

— Elle est morte, Phil. Lui aussi. On se tire maintenant.

Je me suis levé. Il y avait un corps accroché aux piques de la grille.

— Qui est-ce ?

— Le chauffeur de Jean-Paul d'Horville. Bon Dieu Phil ! Lâche-la ! Je te dis qu'elle est morte.

— Je le sais, connard.

Elle est tombée à mes pieds. Gino s'est engagé dans l'allée. Je l'ai frappé sur la nuque de mes deux poings serrés. Pendant qu'il plongeait, je lui arrachai son fusil. Il est resté à genoux. Il n'avait pas l'air de m'en vouloir.

— Masséna veut te voir.

— Il attendra. Où est d'Horville ?

— Il a filé. Dans une Golf blanche.

— Emmène-moi. Vite.

29

La Golf était bien là. Entre un Buggy prétentiard et une Rolls jaune canari. Jean-Paul était rentré directement. Il était bien aussi con que sa légende le disait. Con et persuadé que rien ne pourrait atteindre le dernier des d'Horville dans la ville dont il se croyait un des maîtres.

— Qu'est-ce qu'on fait ?

— Tu retournes en ville et tu me laisses ton fusil. Reviens avec Masséna et, si possible, avec Luc d'Horville.

Gino hésita.

— Jacques ne va pas aimer ça.

— Ça n'a plus d'importance.

J'ai regardé la voiture faire demi-tour dans l'allée. La pluie s'était mise à tomber. Un perron de pierre et de bois menait à la porte d'entrée de la villa. Elle était ouverte. Un carré jaune dans un océan de noirceur. Je fus repris par la sensation familière d'être précipité au fond d'un puits tari depuis vingt ans et dont personne ne s'approcherait plus jamais. J'ai suivi un long couloir décoré de lithos. Jean-Paul d'Horville était assis dans la pièce du fond. Il tenait un verre dans la main gauche et un pétard dans la droite. Il m'a regardé et a levé son flingue. J'ai tiré dans le plafond. Quand le bruit et le plâtre eurent fini de retomber, d'Horville me regardait toujours mais il avait laissé tomber son pétard.

— C'est pas moi qui l'ai tuée, dit-il.

Il paraissait sur le point de pleurer.

— Qui habite ici, à part vous ?

— Personne… Les domestiques sont partis. Ma femme a foutu le camp…

Il regarda le plâtre qui flottait à la surface de son verre, hésita, puis en vida le contenu sur le tapis.

— … C'est mon chauffeur qui a tiré. Je voulais simplement vous parler.

Je me suis assis dans un fauteuil. Le canon du fusil pointé vers sa poitrine en cachemire.

— Elle portait ma veste, d'Horville. Vous pouvez comprendre ça ? Elle n'avait rien fait d'autre que de porter ma veste.

— Je lui avais dit de ne pas tirer. Masséna ne voulait pas qu'on vous touche. Pour la petite pute, c'est pas grave. Luc arrangera ça. Luc arrange toujours tout.

Je l'ai regardé. Un crétin congénital dopé par la puissance et l'argent. Même pas capable de susciter l'envie de le tuer…

— Bouclez-la, d'Horville !

Il s'est mis à geindre doucement. J'aurais pu tirer. Rien que pour qu'il s'arrête, qu'il me laisse dormir, qu'il me laisse rêver à tout ce que je possédais et que j'avais perdu en cavalant après l'image en creux du désir.

— Vous ne pouvez pas me tuer. Ça serait injuste. Je ne l'ai pas tuée, Clerc. Je n'ai pas tué ma sœur. Il n'y avait pas de raison. Baissez ce putain de fusil ! Vous me faites peur.

« Un crime de femme », avait dit Charo. « Un homme l'aurait étranglée ou assommée avec une matraque, pas avec un tisonnier. » Elle enfilait ses bas en disant ça. Des bas noirs qui s'arrêtaient en haut des cuisses. Juste avant son absence de dessous. Elle s'apprêtait à partir et je regrettais de ne pas l'avoir assez aimée.

— J'étais chez Luc quand Élise est arrivée avec la lettre. Elle avait pleuré. Elle voulait savoir si c'était vrai. Elle n'arrivait pas à le croire. Tout ça, c'est la faute de Luc. Il l'a élevée dans l'ignorance. Il lui a fait croire que papa était un saint. Et puis, elle a reçu cette putain de lettre. Pleine de documents, de preuves… Bon Dieu, Clerc. Je ne vous demande pas grand-chose. Juste de baisser un peu ce canon…

« Tu veux savoir comment je vois les choses, Phil ? La femme n'avait pas l'intention de la tuer. Elles sont entrées toutes les deux dans la maison. Comme deux sœurs. Peut-être que si le tisonnier n'avait pas été là, elle serait encore vivante. »

Quand elle faisait l'amour, elle éteignait toujours les lumières de la chambre et gardait allumées celles des autres pièces. Ensuite, elle s'habillait à contre-jour, le dos à la lumière, comme pour mettre en scène ma frustration.

— … C'est Masséna qui a fait tuer le gosse. Personne ne pouvait savoir ce que lui avait dit Élise. Ce petit salopard. Il n'avait pas hésité à vous mettre dans le bain. Masséna vous a fait suivre. Il a fait flinguer le gosse avant que vous puissiez lui parler. Vous en auriez fait autant. On ne peut pas laisser démolir le travail de toute une vie par un musicien défoncé. Vous vivez de la ville, Clerc. Il faut défendre ce qu'on possède… Je suis sûr que Luc va venir. Ne faites rien avant. Nous sommes du même bord, vous et moi…

Un jour, j'avais demandé à Charo ce qu'elle comptait faire après… C'était en été. Son corps avait attrapé le soleil jusque dans des endroits que je croyais être le seul à connaître. « Après quoi ? » me dit-elle en riant. Et elle riait encore en s'offrant un peu plus.

Jean-Paul d'Horville continuait à parler. Je me suis demandé ce qui m'empêchait de le tuer.

— O.K., Clerc. J'aurais pas dû tuer votre pote journaliste. Là, je me suis affolé. La pression… Ma femme a foutu le camp. Tant que ça allait, elle n'a jamais cherché à savoir d'où venait le fric. Fourrure, coke, bagnole, rien n'était trop beau pour elle. Sans compter tous les mecs qu'elle s'envoyait en dehors de nos conventions. Tout ça, pour finir par foutre le camp avec un des adjoints au maire. Elle m'a juste dit : « Ça commence à sentir mauvais » et elle s'est cassée avec ses affaires…

« C'est une femme qui l'a tuée, Phil… Cette maison avait bel et bien un secret… »

Le corps de Charo, à contre-jour. Ses vêtements, un à un, qui la couvrent jusqu'à l'absorber entièrement. Et sa voix qui invente la vérité jusqu'à la rendre aveuglante. Et moi qui ne faisais que la regarder…

— Un chantage. Rien de moins. Ce salaud avait peur de Luc. Il m'a envoyé les documents. Avec une lettre. Bon Dieu ! J'ai cru que je devenais cinglé. C'étaient les mêmes que ceux que nous avait montrés Élise. Tenez, j'ai encore la lettre. Lisez…

Il brandissait son bout de papier comme si c'était un drapeau blanc. Derrière lui, les fenêtres s'emplissaient de pluie. La lettre tomba sur le tapis. Je n'avais pas besoin de la lire.

D'Horville, la tête dans ses mains, pleurait.

— Guérard voulait qu'on quitte la ville. Notre ville… Il n'avait rien fait pour se cacher. Même pas une lettre anonyme. Je l'ai appelé pour lui fixer rendez-vous. Il est venu, seul. Dites quelque chose, Clerc. Au moins, parlez-moi. Vous ne pouvez pas me flinguer sans rien dire.

J'ai posé le fusil à côté de moi. D'Horville me guettait entre ses doigts desserrés. Pauvre Guérard. Il avait réussi sa sortie comme il avait pu. La tête écrasée et les poumons pleins d'eau sale. Seul contre la ville.

Ils sont entrés sans bruit. Masséna et Luc d'Horville en smoking. Bandry en tweed et flanelle. Masséna a ramassé la lettre, l'a lue et l'a tendue à Luc d'Horville.

— Désolé, Clerc.

— De quoi ? D'être né dans une famille de pourris ? Attendez de connaître la suite. Vous aurez encore quelques raisons de vous désoler.

— Il n'y aura pas de suite. Dites-le-lui, commissaire.

Le regard de mon pote avait de la peine à décoller de la pointe de ses Weston.

— Ça suffit, Phil. Nous sommes quatre à savoir ce qui s'est passé. À compter de cette minute, ni Jacques ni moi ne pourrons plus te couvrir. Si tu le souhaites, Jean-Paul quittera la ville. Rien de plus.

Je me suis levé. Privé d'appui, le fusil dégringola sur le tapis. Jean-Paul sursauta. L'imbécile avait repris du poil de la bête. Tout juste s'il ne souriait pas.

— En ce qui me concerne, votre légume peut bien se présenter aux élections, dis-je. Je n'en ai rien à foutre. Je voterai même pour lui si je parviens à remettre la main sur ma carte d'électeur. Pour ce qui est du reste, j'ai un contrat. Vous vouliez connaître l'assassin de votre sœur, d'Horville ? Préparez-vous au pire. Vous tomberez de moins haut.

Je me suis tourné vers Masséna.

— Inutile de me protéger, Jacques. Je crois que

je vais essayer de rester vivant sans toi. Faut bien commencer un jour.

Ils n'ont pas cherché à me retenir.

Dehors, il pleuvait à seaux. Je n'ai même pas pu relever le col de ma veste. Je l'avais laissée sur Charo.

30

— Qu'est-ce que vous foutez là, Clerc ?

Dans la lumière des gyrophares, le ruban rouge à la boutonnière me faisait de l'œil.

— J'attends un ami, commissaire.

— J'ignorais qu'il vous en restait encore un.

— Un conseil, commissaire. N'attendez pas la retraite pour faire le compte de tout ce que vous ignorez.

— Vous êtes presque au bout de la laisse, mon vieux. Quel effet ça fait de se retrouver seul à tirer sur sa chaîne ?

D'un geste j'ai désigné l'ambulance qui emmenait les corps.

— Une pute et un nervi. Pas vraiment de quoi déplacer une Légion d'honneur. Si j'étais vous je me tirerais avant que la presse ne se pose des questions. À moins que vous n'ayez réussi à mettre tous les journalistes honnêtes au fond d'un port.

J'ai bien aimé sa grimace. J'aurais préféré lui balancer mon genou dans les couilles mais c'était toujours ça de pris.

— Ne m'oubliez pas, Clerc. Les vrais chasseurs n'aiment pas tirer un gibier endormi.

— Vous savez ce que ma grand-mère disait quand elle en voyait un ? Tout dans les douilles, rien dans les couilles. Marrant, non ?

Il est remonté dans sa bagnole en marmonnant des trucs plutôt salés sur les mœurs sexuelles de ma grand-mère. J'en avais pas grand-chose à foutre. Je ne l'avais jamais connue.

J'ai allumé toutes les lumières du cabanon. J'ai bourré le vieux poêle de bois sec et je l'ai fait ronfler jusqu'au rouge. La bouteille de gnôle était là, où nous l'avions laissée, Charo et moi. J'ai bu. Chaque fois que je levais le coude, que mes doigts s'approchaient de mes narines, son odeur me submergeait.

Le vieux s'est pointé à l'aube. Il a secoué l'eau de son chapeau, est allé chercher un verre et s'est assis en face de moi.

— Je vous attendais, dit-il.

— Moi aussi.

— Qui commence, vous ou moi ?

— Pourquoi m'avez-vous fait tabasser ?

— Bêtement. Pour vous faire lâcher prise. Quand je vous ai vu la première fois, j'ai su que vous veniez de voir Élise. Après, j'ai lancé les flics sur votre trace, mais ça n'a pas marché. J'ai eu peur. J'ai pensé à ça pour vous décourager. Comment avez-vous su ?

— J'ai retrouvé vos deux sbires. Ils avaient conservé votre lettre. Écrite à la main. À croire que vous l'avez fait exprès.

Il haussa les épaules.

— On ne peut pas penser à tout.

— Dans votre cas, ce n'est pas tout à fait exact. J'ai trouvé aussi la photo et la commande d'amiante. Ça n'a pas été très difficile.

— J'ai été un mauvais père, je suis un mauvais assassin. Avec de mauvais flics, j'aurais pu m'en tirer. Vous étiez là. Tant pis pour moi.

— Il n'y a rien de mieux que les flics pour attraper les assassins. Vous n'avez jamais eu l'intention de tuer Élise, monsieur Monory. Elle est morte de votre vanité et de votre jalousie. Elle a succombé à vos vieilles douleurs. Vous n'êtes pas un assassin. Seule votre imbécillité est criminelle.

— Soyez gentil, Clerc. Appelez les flics et foutez-moi la paix.

— Il n'y aura pas de flics. Même ça, vous ne l'avez pas compris. Vous pouvez cesser de la protéger. Le rempart que vous avez dressé autour d'elle est dérisoire à côté de celui que lui offre la puissance de la famille d'Horville. Si Madeleine a encore besoin de vous, c'est pour pousser sa chaise roulante.

— Taisez-vous !

J'aurais pu cesser de le frapper. Il était déjà disloqué. J'ai continué. Peut-être parce que je voulais qu'il comprenne ce que je cherchais à comprendre depuis des années.

— Ça vous aurait plu d'aller en tôle à sa place. La consécration d'une vie de larbin. Payer pour le crime d'une princesse. Vous pensiez qu'en passant par son cul, on pouvait accéder à ses quartiers de noblesse. C'est dur d'être l'amant de placard pendant vingt ans. Surtout quand sa propre fille trimbale le nom de l'autre, qu'elle le vénère jusqu'à vouloir lui ériger un monument. Vous avez choisi de laisser traîner la bonne photo, mon vieux. Je vous y ai vu comme vous vous voyez depuis toujours. Décalé. Alors, quand Madeleine vous a suggéré d'interrompre la construction du mausolée, vous avez foncé tête baissée. Elle vous a donné une copie des documents qu'elle gardait depuis des années et vous les avez expédiés à Élise.

— Je ne voulais pas lui faire de mal. Juste qu'elle cesse d'admirer ce salaud.

Les bords de sa moustache tombaient lamentablement dans son verre de gnôle. Derrière la fenêtre, l'aube éclairait les ruines.

— Vous vouliez surtout faire cesser cette insulte permanente à vos spermatos, sans voir que Madeleine avait enfin trouvé le moyen de se venger de Bertrand. Manque de pot, vos gènes ne faisaient pas le poids contre le nom du père. Élise a prévenu ses frères du danger mais, surtout, elle a cherché à effacer la tache. Elle a tout de suite compris que seule sa mère pouvait avoir accumulé des preuves d'une telle précision.

— Je ne l'avais jamais vue comme ça. J'étais à la maison de repos ce jour-là. Une vraie furie. Madeleine a avoué. Les originaux étaient bien dans la maison. Elle a refusé de révéler la cachette, mettant Élise au défi de les trouver.

— Continuez.

— Quand vous êtes venu la première fois, j'ai compris que vous aviez vu Élise. Je n'ai pas toujours été le larbin que vous croyez, Clerc. J'ai travaillé longtemps avec Bertrand d'Horville. J'avais déjà vu des hommes dans votre genre. Je croyais qu'elle vous avait tout raconté. J'ai eu peur pour Madeleine.

— Et vous lui avez parlé de moi.

— Oui. Elle n'a rien dit.

— Dès que vous avez eu le dos tourné, elle a appelé sa fille. Elle a feint de céder : qu'Élise l'accompagne et elle lui remettrait les documents. C'est ça, hein !

— Je suis repassé à la maison ce soir-là. J'avais peur que vous ne tentiez quelque chose. Les lumières étaient allumées. La voiture d'Élise était garée devant le perron. Je suis monté. Élise était morte. Madeleine tenait encore le tisonnier. J'aurais pu la tuer. Je l'aime, Clerc. Elle ne m'a pas reconnu. Il n'y avait plus rien dans ses yeux. On finit toujours par comprendre, même si c'est trop tard. J'ai ramené Madeleine à la clinique. En revenant, j'ai pris des feuilles d'amiante que j'avais achetées la veille pour travailler sur la plomberie de la maison. J'en ai entouré la tête d'Élise. Je ne voulais pas que le feu la défigure. Les documents étaient sous le lambris. Je les ai pris. Avant de partir, j'ai inondé les parquets et les rideaux d'essence. J'avais tout perdu. Ma femme et ma fille. Il fallait que je venge l'une et que je protège l'autre. Je connaissais

Guérard. Il était venu voir la maison au temps où il aidait Élise. Il était déjà fou d'elle. Il m'avait parlé du manuscrit. Élise lui en avait montré certains passages. J'ai essayé de le retrouver. Il me semblait d'autant plus dangereux que j'ignorais ce qu'Élise y avait consigné. Je suis allé voir Geneviève d'Orlac. Élise avait longtemps habité chez elle. De plus, elle était la seule avec Lucie de Brissac à connaître ma liaison avec Madeleine. Je crois qu'elle se doutait depuis longtemps que je pouvais être le père d'Élise. Je l'ai suppliée de me confier le manuscrit. Il était la seule trace qui me restait de ma fille, elle ne pouvait m'en refuser la lecture. Quand j'ai su que c'était vous qui en possédiez la seule copie, j'ai forcé votre porte. Vous êtes arrivé avant que je ne le trouve…

Tête basse, le vieux continuait son récit monocorde. Je me vidai peu à peu de ma colère. Dehors, un orage approchant scindait le ciel de gris et bleu.

— … Je n'avais plus le temps. J'ai laissé traîner les indices qui devaient fatalement vous mener vers moi et je me suis occupé des d'Horville. J'ai pris contact avec Guérard. Je lui ai fait croire que Jean-Paul et Luc avaient tué leur sœur pour l'empêcher de révéler l'origine de leur fortune. Je n'ai accepté de lui confier les preuves qu'à condition qu'il la venge. Il a accepté…

Il parlait toujours quand j'ai quitté le cabanon. Il ne m'a pas entendu partir. Je suis rentré chez moi. J'ai tout consigné dans un rapport que j'ai adressé à Luc d'Horville, à Masséna et à Bandry.

Bien plus tard, j'ai appelé Lisbeth. De l'autre côté de ma fenêtre, un semblant de soleil glissait entre les nuages. Vers l'ouest.

— Lisbeth d'Horville is speaking.

— Vous êtes devant votre fenêtre ?

— Bien sûr. J'attendais votre appel, Perceval. Il reste du gin et tout ce que vous pourrez désirer d'autre. Le soleil n'est plus loin de l'eau. Dépêchez-vous avant qu'il n'ait complètement disparu.

— J'arrive.

DU MÊME AUTEUR

LE LIVRE DES ALCOOLS DE LA SÉRIE NOIRE, avec Arlette Lauterbach, Gallimard, 2001

LA POIGNÉE DANS LE COIN, Baleine, 2001

CORBUCCI, Albin Michel, 2001

CHASSE À L'HOMME, avec J.-B. Pouy, Éditions Mille et Une Nuits, 2000

MELANCOLIA, Le Verger Éditeur, 1999

LE MARIONNETTISTE, Librairie des Champs-Élysées, 1999 (Folio Policier n° 202)

LE TÉNOR HONGROIS, Éditions Flammarion, 1999

LE POULPE, LE FILM, avec Guillaume Nicloux et Jean-Bernard Pouy, Baleine, 1998

LA PLAINE, avec des dessins de Frédéric Raynal, Éditions du Ricochet, 1998

EN CHERCHANT SAM, Éditions Flammarion, 1998

ARRÊTEZ LE CARRELAGE, Baleine, 1995. Réédition Librio, 1998

BLUE MOVIE, avec Françoise Rey, Éditions Blanches, 1997

NÉ DE FILS INCONNU, Albin Michel. Réédition Le Livre de Poche, 1997

NICE EST, Calmann-Lévy, 1988. Réédition Baleine, 1997 (Folio Policier n° 128)

LA VIE DURAILLE, avec Jean-Bernard Pouy et Daniel Pennac. Réédition Fleuve Noir, 1997

LA CLÉ DE SEIZE, Canailles Revolver/Baleine, 1996 (Folio Policier n° 152)

UN ORNITHORINQUE DANS LE TIROIR, La Loupiote, 1996

ARRÊT D'URGENCE, Albin Michel, 1990 (à paraître en Folio Policier)

FENÊTRE SUR FEMMES, Albin Michel (Folio Policier n° 267)

NOSTALGIA IN TIMES SQUARE, avec Jacques Ferrandez, Futuropolis, 1987

VERY NICE, Albin Michel, 1982

OMBRES BLANCHES, Syros

UN TUEUR DANS LES ARBRES, Albin Michel, 1982

BLUES MISSISSIPPI MUD, avec Patrick Bard, La Martinière (épuisé)

LA DISSOLUTION, Denoël, 2002

Composition : Nord Compo
Impression Novoprint
à Barcelone, le 27 août 2002
Dépôt légal : août 2002
ISBN : 2-07-042106-6. / Imprimé en Espagne.

5475